DU MAGASIN
DE
PIGOREAU, LIBRAIRE
pour les Romans,
Place St.-Germain-l'Auxerrois
N. 20.

À PARIS.

LE PANORAMA

DES BOUDOIRS.

DE L'IMPRIMERIE D'ANT. BERAUD,

Faubourg Saint-Martin, n°. 70.

LE PANORAMA

DES BOUDOIRS,

ou

L'EMPIRE DES NAIRS,

Le vrai Paradis de l'Amour ;

CONTENANT PLUSIEURS AVENTURES ARRIVÉES A VIENNE, A
PÉTERSBOURG, A LONDRES, A ROME, A NAPLES, ET
SURTOUT DANS UN EMPIRE QUI NE SE TROUVE PLUS SUR
LA CARTE : LE TOUT PARSEMÉ DE MAXIMES COULEUR DE
ROSE SUR LA GALANTERIE ET LE MARIAGE ;

ORNÉ DE QUATRE GRAVURES COLORIÉES ;

PAR LE CHEVALIER JAMES LAWRENCE.

Genus huic materna superbum
Nobilitas dabat, incertum de patre ferebat.
VIRG. I. XI. 341.

TOME TROISIÈME,

PARIS,

CHEZ PIGOREAU, LIBRAIRE,
Place St-Germain-l'Auxerrois, n°. 20.

1817.

SUJET DE LA GRAVURE.

Fête de la Cour Impériale.

Un cavalier et une dame ayant walsé ensemble, se séparent rarement sans passer ensemble le reste de la nuit. (*Tome 1er., p. 47*). Dans une des chambres où l'on entre par la galerie qui fait le tour de la salle, une dame s'est retirée avec son amant, et dans la chambre voisine une autre attend le sien. Chaque cavalier attache son chapeau au-dessus de la porte, pour avertir tout rival que la dame est engagée. (*Tome 3e. p. 104.*) Une troisième dame, à cause de son état de grossesse, se retirant du bal, la garde en faction lui présente les armes, pour honorer la maternité.

Tome 1er. p. 110.

~~~~~~~~~~~~~~~~~

L'EMPIRE
DES NAIRS.

LIVRE VII.

ARGUMENT.

Firnos et Camilla arrivent en Indostan. Mort de
la Samorina. Ressemblance de Camilla avec
Agalva. Histoire de Camilla. Son enlèvement
de sa famille. Manière de vivre des Bohémiens
en Angleterre. Son séjour dans la famille des
Knightley. Son éducation dans une école de
garçons. Sa réception chez madame Montgomery.

CEPENDANT un matelot s'étant élevé au
haut du mât, salua l'Indostan, cette
terre chérie des amours. Tout l'équi-
page poussa des cris de joie; mais personne ne ressentit un plaisir plus vif que
la généreuse Camilla: elle touchait aux

III.   A

rives heureuses du pays de la liberté.
En Angleterre même, elle avait été libre
à la vérité, car il n'y a point de chaînes
pour une âme affranchie de préjugés ;
mais sa conduite y avait été plutôt to-
lérée qu'approuvée. Elle s'y était trop
convaincue de la justice de ses droits,
pour en faire le sacrifice aux caprices
d'autrui; mais Camilla avait ambitionné
l'estime et l'approbation générales. L'enfant qu'elle portait dans ses bras, lui
aurait, en Angleterre, fermé toutes les
portes; mais à Calicut, il serait pour
elle une puissante recommandation, un
passe-port signé par la nature même.
La bonne volonté d'une amante est sans
doute digne d'éloges; mais elle n'est
qu'un candidat pour les devoirs de la
maternité : une mère, au contraire, est
déjà couronnée de lauriers, par les services rendus à son pays. Camilla pressa
l'enfant de l'amour contre son sein, et
goûta sans mélange le bonheur d'être
mère.

Les vaisseaux qui étaient dans le port de Calicut, firent au prince le salut d'usage, et une salve d'artillerie annonça son retour. Firnos débarqua aux acclamations d'une foule immense; mais son aïeule et son oncle étaient à Virnapore.

Le vieux maréchal du palais vint féliciter le prince, et à peine put-il en croire ses yeux, tant ce qu'il avait souffert en Angleterre, et une longue captivité, avaient changé son neveu. Mais c'est Naldor, c'est le fils de sa sœur Rolida, il se précipite à son cou. Naldor demande à voir sa mère; l'oncle se tait, une larme s'échappe de sa paupière; hélas! cette larme répond pour lui.

Tandis qu'on mettait les chevaux, le prince courut à l'hôtel de sa bien-aimée Milita, celle qu'il avait préférée à toutes ses compagnes, à l'institut de Romaran: mais son espoir fut trompé, il ne l'y trouva pas: Milita était partie pour une campagne où toute sa famille s'était réunie, afin de célébrer l'anniversaire de son aïeule Medusa.

Cher prince, dit à Firnos le bon vieux courtisan, n'avez-vous donc aucune nouvelle de votre auguste mère? Un deuil général doit être notre partage, si un rayon d'espérance ne vient sécher nos pleurs. La vénérable Samorina est aux portes de la mort, si déjà elle n'a pas exhalé le dernier souffle d'une vie empoisonnée par la perte de tant d'enfans intéressans. Le dernier courrier a annoncé qu'il ne lui restait que peu d'heures à vivre. Le ciel sait quelle calamité publique nous menace, et cependant le peuple ne veut pas croire à son danger. Le grand - prêtre de Calicut vient de mourir : vous savez que le respect de la nation pour lui allait jusqu'à l'idolâtrie; et, en vérité, il était bien digne de tout son amour. Il s'est répandu un bruit faux, sans doute, que ce prélat avait prédit, au lit de la mort, que la Samorina ne fer-

merait pas les yeux avant le retour de
celle qui doit lui succéder. La princesse
n'a pu s'empêcher de sourire à cette
illusion, quoique rien ne puisse ébran-
ler l'espérance du peuple. Mais, prince,
vous n'avez pas un instant à perdre ;
hâtez-vous donc, peut-être arriverez-
vous encore assez tôt pour recevoir
sa bénédiction.

Firnos et Camilla montèrent sur-le-
champ en voiture. A leur arrivée, ils
trouvèrent les habitans de Virnapore
formant des groupes silencieux, dans
la cour du palais. Ils environnent les
voyageurs, et reconnaissant le prince
héréditaire : «Vive le prince Firnos » !
s'écrient-ils ; et ils s'empressent autour
d'eux. Firnos donne la main à Camilla,
et l'aide à s'avancer.

A l'aspect de sa majestueuse compagne :«Vive Agalva! s'écrient-ils de nouveau, l'oracle est accompli, l'héritière
du trône nous est rendue ».On l'entoure,
on baise sa robe, on saisit ses mains,

III.   B

on les baigne de larmes de joie ; le prince
n'a pas le temps de les détromper ; il
doit se hâter de se rendre près de son
aïeule expirante.

La vénérable princesse luttait contre
sa fin prochaine. Le Samorin, son fils,
était à genoux aux pieds de son lit.
Déjà la pâleur de la mort était répandue sur tous les traits de l'illustre victime ; mais une étincelle de joie brilla
dans ses yeux à la voix de son petit-
fils, et elle se fit soulever pour l'embrasser. — Où est ma fille ? où est
Agalva ? N'as-tu donc point de nouvelles
de ta mère ?

Firnos voulut adoucir l'amertume
de ses derniers momens par une réponse équivoque. — Ma mère, lui dit-
il, n'est plus en Angleterre, elle l'a
quittée pour revenir à Calicut.

En cet instant, les acclamations du
peuple se firent entendre. Une dame
ayant couru à la fenêtre : — La princesse Agalva est de retour, s'écria-t-elle,

je l'aperçois au milieu de la foule. —
Firnos, ayant déclaré que c'était la Samorina, envoya chercher sa compagne
de voyage, et il la lui amena.

O ma fille! dit la Samorina, en jetant
ses bras autour de son cou, Firnos a
sans doute craint de me faire mourir de
plaisir ; il a voulu me dissimuler que
vous fussiez revenue. Ciel! pardonne
à mon incrédulité. Enfin la prophétie
est accomplie, je rendrai le dernier
soupir avec joie, puisque mes yeux ont
vu celle qui doit me succéder. — A ces
mots, elle laissa retomber sa tête, et
expira.

Le Samorin, s'étant relevé, baisa les
lèvres glacées de sa mère, et versa une
larme sur son corps inanimé; puis s'a-
dressant à Camilla : — Ah! ma sœur,
en quel moment vous réparaissez parmi
nous!

Le prince l'interrompit : — Quoi!
mon oncle, la ressemblance vous abuse-
t-elle aussi? On ouvrit alors les volets

qu'on avait fermés pour la princesse
mourante, et le Samorin reconnut sa
méprise. L'étrangère était dans la fleur
de sa jeunesse et du même âge qu'Agalva,
lorsqu'elle avait quitté l'Indostan ; et le
costume nairais qu'elle venait d'adopter,
lui donnait avec la princesse une con-
formité parfaite.

L'empereur fut inconsolable d'apprendre que le voyage de son neveu
avait été infructueux. Il s'informa de
Degrey. Qu'il est heureux ! dit-il ; il
conserve toujours quelqu'espoir de se
réunir à sa sœur ; et moi, il ne m'en
reste aucun. La famille de Samora va
s'éteindre sans retour ! Pendant quelques jours, il ne s'occupa qu'à relire
les mémoires d'Agalva.

Cependant la noblesse se rendait de
toutes parts à la cour, pour féliciter le
prince sur son arrivée. On s'étonna de la
ressemblance de Camilla avec la famille
impériale : mais le peuple, malgré la différence d'âge, ne voulut pas revenir de

l'opinion que c'était Agalva elle-même,
et les politiques se dirent à l'oreille
qu'on la cachait pour quelque raison
d'état. La cour résolut de n'accréditer
ni de contredire cette idée ; elle craignit
que la privation d'une Samorina ne ré-
duisît la nation au désespoir. La perte
d'une reine ne serait pas plus irrépa-
rable pour des abeilles, et ne répandrait
pas plus de confusion dans toute leur
république.

Aussitôt que les cendres chéries de sa
mère eurent été déposées dans le caveau de ses aïeules, l'empereur donna
l'ordre que l'on multipliât les amusemens de la capitale, pour détourner
l'attention publique, des calamités dont
on était menacé.

Enfin la première fête eut lieu à Virnapore. Camilla était déjà engagée pour
toutes les danses. Les cavaliers les plus
distingués s'empressèrent de lui apprendre à valser. Quand elle dansait, on eût
pu entendre la chute d'une épingle, et

3

après le bal, quelque Nair l'accompagna
probablement à son appartement, mais
la dignité de l'histoire ne permet pas de
rapporter un incident aussi peu inté-
ressant. Le choix qu'elle ferait d'un
amant était devenu très-indifférent à
Firnos; leur passion mutuelle avait fait
place à une amitié fondée sur l'estime.
L'amour avait charmé les ennuis de leur
voyage, quoiqu'à la vue des côtes du
Malabar, l'image de Milita se fût repro-
duite aux souvenirs du prince, avec
tant de force que ses premiers feux se
rallumèrent. Mais combien il était mor-
tifié, en réfléchissant que, depuis tant
de semaines qu'il était de retour, la
compagne de ses premières études
n'était pas venue le voir, et avait montré
pour lui tant d'indifférence, qu'elle
s'était, seule, dispensée de se rendre à
Virnapore, lorsque les autres dames de
qualité y étaient accourues en foule pour
le féliciter!

Le prince dansa des menuets et des

contre-danses; mais toutes les beautés
du Malabar n'auraient pu le déterminer
à prendre la moindre part à la valse. Il
se retira seul à son appartement. De
l'image de sa bien-aimée Milita, ses
pensées se reportèrent sur le sexe en
général. Les charmes de l'amour se
peignent à son imagination sous les
couleurs les plus ravissantes. Il réfléchit
avec un mouvement d'impatience, que
les compagnons qu'il vient de quitter,
engagés dans la valse, sont déjà entre
les bras de leurs jolies partnères : aucune ne partage son lit. Quel excès de
folie sentimentale il découvre dans le
motif qui l'a fait renoncer à la valse !
Parce que Milita est absente, doit-il se
dérober à tous les plaisirs ? La justice
même peut-elle l'autoriser à croire que
Milita ait les mêmes scrupules pour
l'amour de lui ? Peut-être quelque
jeune favori se félicite-t-il de ses bon-
tés ! une jouissance présente est bien
supérieure à une jouissance en pers-

pective; et un Nair doit-il perdre une heure de sa jeunesse et de sa santé dans des privations inutiles?

Il s'agite dans son lit spacieux, dont la largeur même lui reproche sa solitude. En vain il étend les bras, aucune dame ne vole pour recevoir et lui rendre ses embrassemens. En vain invoque-t-il les faveurs de Morphée, le doux sommeil fuit loin de ses paupières, il se lève sur son séant; il prête l'oreille, partout règne le plus profond silence.

Enfin, il se souvient que Farna a quitté le salon sans être accompagnée. Le nombre des dames s'étant trouvé supérieur à celui des cavaliers, aucun partner ne s'était présenté pour la fille d'Anora. Firnos sonne, un domestique paraît et le conduit à la chambre de cette dame.

Le jeune prince, impatient, frappe à la porte; la belle se lève et vient ouvrir. « Aimable baronne, lui dit-il, » daignerez - vous me recevoir »? La

baronne répond par un sourire. Le domestique rallume les bougies, et se re-
tire.

A peine le soleil éclairait - il la cime
des montagnes, qu'un courrier met
pied à terre dans la cour du palais, et
sonne du cor. Il était porteur d'une lettre
pour Farna. On va la lui remettre dans
sa chambre. Firnos, qui avait tressailli
au bruit, la reçoit, et la baronne l'ouvre en tremblant. Bientôt elle la laisse
tomber avec un cri de douleur, et
s'évanouit entre les bras du prince.

Les secours de Firnos lui ayant fait
reprendre l'usage de ses sens, elle lui
donna cette lettre fatale, écrite de Calicut, où une fièvre dangereuse menace
les jours de son fils.

Les Nairesses sont les plus tendres
des mères, et Farna se distinguait,
même au milieu d'elles, par son affection maternelle. Tous les momens sont
précieux. Elle prie Firnos de commander une voiture, et ce prince, dans

l'espoir de trouver Milita à Calicut, offre de l'y accompagner. En moins d'une demi-heure ils sont en route.

Le Samorin s'était retiré aussi agité que son neveu, quoique d'autres soucis que ceux de l'amour éloignassent le sommeil de ses yeux. L'image de Camilla était profondément gravée dans son esprit; il venait de la voir danser, et sa ressemblance avec sa sœur l'avait vivement frappé. Tout à coup s'éleva dans son âme l'espoir que c'était la fille qu'Agalva avait perdue en Angleterre. Une Européenne accoutumée dès sa naissance à une dépendance humiliante, Marguerite Montgomery elle-même, supérieure comme elle l'était à toutes les femmes de son pays, aurait-elle jamais pu donner le jour à une fille qui réunissait tant de rares qualités du corps à toutes les qualités de l'esprit, si fière, si entreprenante? Non, elle doit être fille d'Agalva, elle seule a pu mériter une telle mère; il n'y a qu'Agalva

qui ait pu porter dans son sein la généreuse Camilla.

Aussitôt qu'il eut expédié les affaires
publiques du jour, car ses soucis domestiques n'avaient jamais dispensé Ornor du devoir de son état, le Samorin
se hâta de descendre au jardin. Il mé-
ditait comment il pourrait entrer en
matière avec l'étrangère. Sur quoi fon-
dait-il ses doutes qu'elle fût fille de
Marguerite ? Il résolut cependant de
lui communiquer ses soupçons. Une
femme d'esprit ne pourrait s'offenser
qu'il eût conçu l'espérance de retrou-
ver en elle l'enfant de sa sœur. Occupé
de ces idées, il se promenait en silence.
Ses pas le conduisirent insensiblement
vers un monument que la Samorina,
sa mère, avait élevé à la mémoire d'A-
galva, et où elle s'était si souvent retirée pour arroser de ses pleurs maternels
l'inscription qu'elle avait fait graver sur
le marbre.

Mais, grand Dieu ! quel objet s'offre

6

à sa vue ! une femme, dans l'attitude
du recueillement et de la plus profonde
contemplation. A son approche, elle
tourna la tête; c'était Camilla : une larme
brillait à travers sa paupière. Comme
alors elle ressemblait à Agalva !

Oui, répondit-il à ses questions sur
sa santé, je suis malade; mais peut-être
mon rétablissement dépend-il uniquement de vous.

Camilla, étonnée de ce début, s'attendait à quelque déclaration passionnée : Il est vrai que dans ce cas les désirs
du prince n'eussent point été partagés;
mais son amitié pour son neveu, et la
haute idée qu'elle avait toujours con-
servée de sa sœur Agalva, la portaient
à compatir à des peines qui semblaient
extrêmes et bien étrangères au caractère national du pays. Un Nair devrait-
il désespérer du succès avant d'avoir
essuyé un refus ? D'ailleurs, Ornor,
quoiqu'il eût déjà atteint la moitié de
sa carrière, était d'une très-belle figure,

avait les manières nobles; et si la jeunesse, dans sa fleur, ne brillait plus sur
son visage, du moins l'amabilité et le
ton du grand monde embellissaient sa
société. Ainsi Camilla tint, à son égard,
un juste milieu entre le penchant et
l'aversion. La reconnaissance l'emporta
sur l'indifférence; elle lui serra la main
avec un sourire, et se disposa à entendre, sans impatience, tout ce qu'il avait
à lui dire.

Le respectable prince s'aperçut de
son erreur, et en sourit. Je vous demande de la sincérité, lui dit-il, et non
de l'amour; considérez-moi comme un
oncle, et je ne cesserai de vous chérir
comme une nièce. Vos éclatantes qualités, vos talens, et surtout votre ressemblance avec ma sœur, m'ont pré-
venu en votre faveur; et, continua-
t-il, avec une chaleur qui augmenta
l'étonnement de Camilla, expliquez-
moi le mystère de votre naissance; je
vous conjure, par tout ce qu'il y a de

plus sacré , de me déclarer si vous êtes
fille de Marguerite de Montgomery.

Grand Dieu ! s'écria Camilla, en rou-
gissant, qui a pu vous faire naître ces
soupçons ? qui vous a dévoilé que je ne
suis pas sa fille ?

Vous n'êtes pas sa fille ? s'écria le Samorin à son tour, en montrant le buste
qui couronnait le monument élevé à
Agalva ; voilà donc votre mère. Votre
piété filiale ne vous a-t-elle pas conduite
ici pour partager ma solitude, et mêler
vos pleurs avec les miens ? Accourez
dans mes bras, fille d'Agalva , je suis
votre oncle !

Il se précipite à son cou , la couvre de
baisers ; et ne trouvant point de termes
pour s'exprimer, il fondit en larmes.

Enfin, elle se dégagea de ces vives
étreintes.—Vous vous moquez de moi,
ou vous vous trompez, lui dit - elle ;
comment serait-il possible?... —Possible ! ah ! rien n'est plus certain ; Agalva
perdit un enfant en Angleterre, et cet

enfant, c'est toi.—Il l'embrasse de nouveau ; des sanglots et des larmes sont
les uniques expressions de leurs cœurs:
il appuie la tête sur son sein, et un court
silence succède à leur émotion.

Cruelle Camilla, reprit-il, vous
avez été témoin de notre désolation, et
vous avez pu différer cet aveu ! — Il
dit, et par un baiser, il scella son pardon sur ses lèvres.

Plût au ciel, répondit-elle, que cette
accusation fût bien fondée ! Mes vœux
pouvaient-ils avoir pour objet un si
grand bonheur ? mon ambition pou-
vait-elle aspirer à la gloire d'être votre
nièce et fille d'Agalva ? Hélas ! je dois
vous détromper ; ma vie a été marquée
par des incidens singuliers : écoutez mon
histoire.

Cet exorde désespérant répandit un
frissonnement universel dans toute la
personne de l'empereur. Il parut attristé
et baissa la tête dans un morne silence.
Alors Camilla reprit en ces termes :

« Les premières années de mon en-
» fance n'existent dans ma mémoire
» que comme les souvenirs vagues et
» incohérens d'un songe. Depuis long-
» temps le ministère d'une bonne avait
» cessé près de moi, avant que je pusse
» pénétrer les nuages qui avaient en-
» veloppé mon berceau. A peine mes
» membres délicats avaient-ils reposé
» sur le duvet et sous des couvertures
» de parade, que le hasard m'enleva à
» tous les soins qui, chez nous, éner-
» vent un enfant de qualité dans la
» maison paternelle. Les sombres re-
» traites de quelque forêt majestueuse,
» sous le magnifique dais du ciel, et
» un tapis de verdure, voilà le théâtre
» des jeux de mon enfance ; et aux ap-
» proches de la nuit, je me retirais
» sous une tente de canneyas. La Pro-
» vidence connaît la vive reconnais-
» sance dont m'ont pénétrée la sagesse
» et la bonté de ses décrets. C'est à
» cette vie dure que je dois la vigueur

» de ma santé et la force de mon tem-
» pérament, peut-être aussi plusieurs
» de ces qualités qui m'ont mérité les
» éloges de votre majesté.

» Dans quelques provinces d'Angle-
» terre, s'est répandue une nation qui
» diffère essentiellement des autres ha-
» bitans. Cette race singulière est com-
» posée de hordes grossières et bar-
» bares qui n'ont pas seulement des
» traits et une couleur, mais encore un
» dialecte particulier, qui les font re-
» connaître partout ; et depuis leur
» établissement, elles ont conservé,
» sans aucune altération, les mœurs
» sauvages et incultes de leurs ancêtres.
» Il est incertain à quelle époque on
» doit fixer leur première apparition
» dans notre île ; et comme elles igno-
» rent l'art de la navigation, on dis-
» pute encore sur la manière dont elles
» ont pu passer la mer.

» On les appelle Bohémiens. Ces peu-
» plades n'ont point de demeures fixes,

» mais, comme les Arabes, elles errent
» de forêt en forêt. Les hommes ga-
» gnent leur misérable vie, en raccom-
» modant les pots et les chaudières dans
» les villages voisins, et les femmes
» mettent à contribution la crédulité
» des paysans, par leur prétendue
» science dans la magie, et en disant la
» bonne aventure. Leur dernière res-
» source est le vol, et le riche fermier a
» souvent lieu de maudire le voisinage
» de ces vagabonds effrontés. Peu leur
» suffit cependant pour soutenir leur
» existence. Ennemis d'une vie civilisée,
» et étrangers à toute espèce de luxe,
» l'eau des fontaines est leur unique
» boisson, et leur voracité ne dédaigne
» pas la chair de ces animaux que les
» gens les moins délicats ont en hor-
» reur. Leurs brigandages nocturnes
» s'exercent sur les bergeries, et ils
» reviennent en triomphe chargés du
» cadavre du chien, aussi bien que
» du mouton dont il était le gardien.

» Tels sont les alimens de ces en-
» fans de la nature. Leurs habitations
» ne sont pas moins sauvages. Nés en
» plein air, ou sous quelque tente en
» lambeaux, qu'ébranle le moindre
» souffle de vent, ou qu'affaisse le poids
» de la neige, les commodités de leur
» vie ambulante les dédommagent. Ils
» se moquent du palais magnifique du
» lord, et dédaignent les chaumières
» paisibles de ses vassaux. Accoutumés,
» dès leur première enfance, à sup-
» porter la faim, la soif, les plus vio-
» lens exercices, ils sont patiens, ac-
» tifs, robustes et sains. Ils marchent
» plusieurs jours de suite sans se fa-
» tiguer. Ils escaladent les murs les plus
» élevés ; ils franchissent les fossés les
» plus larges ; ils plongent au milieu des
» fleuves les plus rapides ; et comme
» ils donnent la même éducation à leurs
» garçons et à leurs filles, les deux sexes
» jouissent des mêmes droits et possèdent
» les mêmes qualités d'esprit et de corps.

» L'amour a conservé parmi eux sa
» liberté primitive. Les liens du ma-
» riage leur sont inconnus. Leurs fem-
» mes obéissent à la nature, sans s'as-
» sujettir aux règles de la décence qui
» tyrannisent l'Europe; et si les Euro-
» péennes sont plus libres que les mal-
» heureuses qui peuplent les harems de
» l'Asie, les Bohémiennes sont, à pro-
» portion gardée, plus libres que les
» autres Européennes.

» Telle était la horde au milieu de
» laquelle s'écoulèrent les premières
» années de mon enfance. J'avais at-
» teint la neuvième, avant de changer
» de scène. Jusque-là, j'avais toujours
» regardé comme ma mère, une Bohé-
» mienne que son courage, son talent
» à dire la bonne aventure, et son
» adresse à voler, avaient rendue l'ora-
» cle de la troupe. Attachée dans un
» panier à son dos, pour exciter la
» compassion par mes cris, j'avais par-
» couru tous les villages, et mis à con-

» tribution leurs bons habitans. De-
» venue plus grande, elle me conduisit
» sur les bords d'une rivière qui bai-
» gnait notre forêt ; elle m'ôta mes
» haillons, s'y plongea avec moi, et
» m'enseigna à nager. Par ses leçons,
» aucun enfant ne me surpassa en
» habileté à dérober la volaille de quel-
» que basse-cour ; et plus d'une vieille
» femme eut à regretter son chat que
» j'avais enlevé, pour être servi sur
» notre table, dans quelqu'une de nos
» fêtes.

» Souvent nous autres enfans, nous
» allions à la chasse dans une garenne.
» Notre agilité était étonnante : nous
» fatiguions les lapins à la course, ou
» nous les assommions dans leur fuite
» avec nos gourdins armés de plomb.
» Un jour, au retour d'une de ces
» expéditions, je vis ma vieille Bohé-
» mienne qui parlait à un domestique
» porteur d'une livrée magnifique. Je
» m'approchai. — Mon enfant, me dit

» la bonne Bohémienne, ce monsieur
» est venu te chercher pour te ramener
» chez toi. Adieu, nous ne nous ver-
» rons plus, mais tu vas être heureuse;
» dans peu, tu seras une grande dame,
» et tu nous oublieras pour jamais. —
» Non, non, répondis-je, je ne te quit-
» terai pas; je ne veux pas être dame,
» je reste ici. — Elle m'embrassa, et
» s'arrachant de mes bras, elle s'éloigna
» à toutes jambes.

» Je restai immobile d'étonnement.
» Le domestique me prit dans ses
» bras, et m'ayant placée devant lui
» sur son cheval, en une demi-heure
» nous perdîmes de vue la forêt. Une
» voiture nous attendait sur la grande
» route. Mon conducteur m'y fit en-
» trer à côté d'une dame, et dit aux
» postillons de retourner. Mes san-
» glots interrompirent le silence qui
» régnait entre nous. Ah! ma mère,
» m'écriai-je en soupirant. La dame
» me prit par la main. — Camilla, me

» dit-elle, car tel est votre nom, re-
» gardez-moi comme votre mère ; car
» depuis long-temps vous n'en avez
» plus.

» Nous arrivâmes en deux heures à
» Northeole-Parc, maison de cam-
» pagne de ma tante. L'élégance et la
» solidité de l'architecture annonçaient
» l'opulence de la maîtresse. Elle donna
» l'ordre à ses gens de me regarder
» comme sa nièce, Camilla Harford.

» Quelque temps après, elle m'apprit
» l'histoire de ma naissance. Mon père,
» le chevalier Harford, riche baro-
» net de la Jamaïque, avait épousé sa
» sœur cadette. Pendant leur séjour
» en Angleterre, étant en visite à Nor-
» theole-Parc, une Bohémienne me
» déroba à la surveillance de ma bonne,
» tandis que je jouais auprès d'elle dans
» le parc. Toutes les recherches que
» l'on fit de moi ayant été infruc-
» tueuses, mon père emmena ma mère
» à la Jamaïque, où ils moururent

» sans avoir eu d'autres enfans , et me
» confièrent , s'il arrivait que l'on me
» retrouvât , aux soins de ma tante et
» de son mari.

» Oui, Sire, vous pouvez vous alar-
» mer sur les suites de mon éducation.
» J'étais tombée entre les mains d'une
» des femmes les plus faibles de l'An-
» gleterre. Mon aïeul maternel, Nor-
» theole, n'avait laissé que deux filles ,
» ma tante et ma mère. Ma tante épou-
» sa M. Knightley. Les Northeole et
» les Knightley étaient depuis long-
» temps les familles les plus puissantes
» de la province , qui était dans l'usage
» d'élire ses représentans dans l'une ou
» l'autre. Rivales par leur antiquité et
» leur splendeur , elles avaient partagé
» la noblesse des campagnes en deux
» factions ; et des disputes au sujet des
» élections les avaient souvent mena-
» cées toutes les deux d'une ruine to-
» tale.

» Pour mettre fin à ces querelles

» parlementaires, on fit un compromis
» dont un mariage devait être le sceau.
» Ma tante devait donner sa main à
» l'héritier des Knightley ; jeune hom-
» me qui était alors à l'université. On
» le fit revenir : mais, à la consterna-
» tion de tout le monde, il déclara qu'il
» était déjà marié. Outré d'une mésal-
» liance, son père le déshérita ; mais
» entêté de ses projets, il s'offrit lui-
» même à ma tante pour époux, et ce
» qui étonnera sans doute votre ma-
» jesté, sa proposition fut agréée. Quelle
» union que celle d'un homme de cin-
» quante ans avec une fille de quinze !
   » Je vous comprends, dit le Samo-
» rin en souriant, et cependant vous au-
» riez eu à l'instant la complaisance...—
» De couronner les désirs d'un homme
» qui m'avait accueillie avec tant de
» bonté, reprit Camilla en l'interrom-
» pant, et d'accorder une grâce qui ne
» coûte rien. Pardonnez à ma vanité,
» en vous croyant amoureux de moi,

» et sachez gré de cet aveu à une per-
» sonne qui vous estime, comme si
» vous étiez réellement son oncle ;
» quoique la reconnaissance eût pu me
» déterminer à écouter un homme de
» votre âge, mais moins aimable que
» vous, rien cependant n'aurait pu lui
» obtenir de moi les priviléges exclu-
» sifs qu'on accorde à un mari. Faire
» le bonheur d'un homme estimable
» ne doit pas être une tâche bien pé-
» nible pour une femme généreuse et
» sensible. Elle peut , sans effort, se
» porter à cet acte de complaisance ;
» mais l'épouser, ce serait s'immoler
» soi-même, et certainement il n'au-
» rait pas la prétention d'exiger un
» semblable sacrifice. Je reviens à mon
» histoire.

» Ma tante ne fit pas attendre son
» consentement. La garde-robe et les
» préparatifs de ses noces l'occupaient
» uniquement : elle était trop jeune
» pour réfléchir sur l'avenir : les seuls

» préliminaires qu'il lui importât d'ar-
» rêter avec son futur seigneur et
» maître, étaient qu'on lui permettrait
» de manger autant de gâteaux et de
» crême qu'il lui plairait, et qu'elle ne
» serait plus tourmentée par une gou-
» vernante française.

» Par la nature de ces conditions,
» votre majesté peut juger qu'elle n'é-
» tait qu'un enfant, et elle doit s'éton-
» ner qu'il fût permis à une jeune
» créature si peu capable d'en appré-
» cier les suites, de contracter des en-
» gagemens pour la vie. Si ma tante
» fût née dans ces régions heureuses,
» l'amour eût fait le bonheur de sa
» jeunesse; son âge mûr eût été con-
» sacré à l'éducation de ses enfans, et
» maintenant environnée d'une famille
» nombreuse, elle verrait la mort s'ap-
» procher, sans craindre le reproche
» d'avoir méconnu le but de son exis-
» tence; tandis qu'au contraire, sa
» jeunesse s'est dissipée dans les bras

» de la froide impuissance, et sa fidé-
» lité n'a été que la faiblesse de ne
» pas jouir de ces plaisirs qu'elle cen-
» surait si amèrement dans les autres:
» elle est devenue une femme nulle et
» insignifiante qui s'effraie de ses rides,
» quoique la beauté ait toujours été
» pour elle un don inutile. Elle est
» sans enfans et dans un vide absolu
» d'occupations. Elle jette les hauts cris
» à la vue d'une araignée, et elle a assez
» de force pour découper une perdrix,
» et tout l'esprit nécessaire pour faire
» les honneurs d'une assemblée.

» Telle était la tante qui entreprit
» mon éducation. Elle commença par
» me corriger de toutes les habitudes
» malhonnêtes que j'avais contractées
» parmi les Bohémiens: elle m'interdit
» même l'usage de mes membres, et
» comprima ma taille dans un corps
» bien baleiné et bien incommode,
» qui me serrait comme une cuirasse;
» des talons de trois pouces entravaient

» mes pieds et me donnaient une dé-
» marche chancelante : non-seulement
» mon tailleur de corps était français,
» mais j'avais encore une gouvernante
» française ; car la profonde sagesse de
» ma tante avait oublié tout ce qu'elle
» avait eu à souffrir de la sienne avant
» son mariage. Je n'osais courir sur le
» gazon, pour ne pas gâter mes sou-
» liers, ni faire le moindre exercice,
» pour ne pas déchirer mes dentelles,
» me dépoudrer, ou chiffonner ma
» robe. Je n'avais cependant perdu ni
» la vigueur, ni l'agilité d'une Bohé-
» mienne. Ma tante fut charmée des
» louanges que me prodiguait mon
» maître de danse, qui l'assura que
» jamais il n'avait eu d'aussi habile éco-
» lière que moi. Je l'emportais sur tous
» les enfans de mon âge, par la force
» et la souplesse du corps, autant que
» je leur étais inférieure dans toutes
» les connaissances de l'esprit. J'avais
» toute l'ignorance de la nature. Mon

» langage, mêlé du jargon bohémien,
» était presqu'inintelligible. La persé-
» vérance de mes maîtres triompha de
» toutes ces difficultés. Bientôt je par-
» lai avec pureté, j'écrivis et je lus avec
» facilité. Mais prenez garde, leur di-
» sait ma tante, d'en trop apprendre
» à une demoiselle ; elle doit savoir
» filer, tricoter, broder, et son caté-
» chisme ; tout cela suffit à une femme·

» La nouvelle s'étant répandue par
» toute la province, que j'étais re-
» trouvée, la curiosité attira tout le
» voisinage à Northeole-Parc. On me
» fit voir à tous les étrangers, comme
» on montre quelqu'animal rare ; et
» lorsque ces familles campagnardes
» étaient honorées de quelques visites
» de Londres, elles ne manquaient pas
» de les amener pour considérer ce
» nouveau phénomène.

» Quoique plusieurs mères se fissent
» accompagner de leurs filles, ce qui
» me donna l'occasion de connaître de

» jeunes personnes de mon âge, je
» n'avais point de goût pour leur so-
» ciété; je n'aurais jamais pu me lier
» d'amitié avec aucune d'elles ; et à dire
» vrai, ces demoiselles, de leur côté,
» ne témoignaient aucune inclination
» à cultiver ma connaissance. Leurs en-
» tretiens me paraissaient insipides ,
» leurs manières affectées ; et les mien-
» nes ne trouvaient sans doute pas plus
» de grâce à leurs yeux. Je ne pouvais
» pas leur parler modes, j'ignorais même
» jusqu'au nom de plusieurs objets de
» toilette, je méprisais tous les ou-
» vrages à l'aiguille.

» Une fois ma jarretière étant tombée,
» dans une grande société, je relevai
» mes jupes avec la plus grande ingé-
» nuité, et je la rattachai. Heureusement
» pour moi que ma gouvernante était
» sortie ; mais peu de mères voulaient
» laisser leurs filles seules avec la pe-
» tite sauvage, c'est ainsi que l'on m'ap-
» pelait, pour ne pas prendre dans sa

» société quelqu'habitude grossière et
» malhonnête.

» Il n'était pas étonnant que je res-
» sentisse si peu de penchant pour mon
» propre sexe ; mais je pris bientôt une
» opinion plus favorable de l'autre, dont
» l'activité et l'esprit d'indépendance
» étaient plus analogues à la trempe de
» mon âme. Un jeune écolier passait
» ordinairement les vacances chez mon
» oncle. Nous devînmes bientôt amis
» intimes. Ma gouvernante ne voulut
» pas d'abord lui permettre de m'ap-
» procher : nouvelle raison pour me
» faire rechercher sa société ; mais il
» ne tarda pas à saisir son faible. Elle
» était passionnée pour les liqueurs,
» de manière qu'en lui en faisant ca-
» deau de quelques bouteilles de son
» goût, il se glissait dans mon appar-
» tement, quand il voulait. — Ce n'est
» qu'un enfant, disait-elle, mais que
» madame votre tante ne sache rien.

» Quand elle avait fait usage de son

» cordial favori , nous allions courir
» dans le parc , quoique ma tante me
» crût occupée de ma broderie ; et tan-
» dis que cette dame , si délicate sur
» les convenances, se serait scandalisée,
» si j'avais franchi une barrière sous ses
» yeux , je montais à califourchon der-
» rière lui sur son bidet.

» Quoique ma gouvernante fût fran-
» çaise , je fis d'abord peu de progrès
» dans sa langue. On m'avait donné des
» livres si sérieux, ou si insipides ! En-
» fin , dans un moment où cette bonne
» duègne sommeillait, grâce à une bou-
» teille d'eau de noyau que lui avait
» apportée mon jeune ami , un volume
» étant tombé devant elle sur le plan-
» cher (c'était la vie de la fameuse Ni-
» non), je m'en saisis, et j'en dévorai la
» lecture.

» Ma tante venait régulièrement tous
» les matins dans mon appartement ,
» pendant que je prenais mes leçons.
» J'attendais cette visite, assise, le cou

» dans mon collier, et les pieds dans
» mes ceps ordinaires, en feignant de
» lire un ouvrage fait pour les demoi-
» selles par une certaine princesse de
» Beaumont ; mais à peine avait-elle
» tourné le dos, que madame la prin-
» cesse était sans cérémonie jetée de
» côté, et la spirituelle Ninon prenait
» sa place. Il y avait à la maison une
» très-bonne bibliothèque ; et comme
» on ne me permettait la lecture que
» d'un petit nombre d'ouvrages, j'eus
» le plus grand empressement à lire
» tous les autres. Mon jeune ami diri-
» geait mon choix ; et tandis que ma
» tante me donnait la gouvernante des
» demoiselles pour m'instruire, et des
» contes de fées pour m'amuser, j'avais
» lu Voltaire et Rousseau, Hume et
» Gibbon ; mais ces noms peut-être
» sont inconnus dans l'Indostan.

» Comme on me dit que l'étude du
» latin ne convenait qu'aux garçons,
» j'imaginai qu'elle devait renfermer

» quelque trésor. Mon jeune favori
» avait un gouverneur, et je m'arran-
» geai de manière à assister à toutes
» ses leçons, en faisant semblant de
» travailler à l'aiguille, dans la cham-
» bre où il les prenait ; et à l'aide d'une
» grammaire et d'un dictionnaire, j'ac-
» quis quelque connaissance de cette
» langue.

» C'est à cette époque que parut un
» livre en faveur des droits de la femme,
» composé par une Anglaise. Il fit la
» plus grande sensation. On disputa sur
» son mérite, dans toutes les sociétés.
» Pour moi, on m'en défendit la lec-
» ture, et en conséquence, j'en con-
» çus l'idée la plus avantageuse. Enfin
» le jeune écolier, étant retourné à Lon-
» dres, me l'envoya en secret. Quel
» droit l'homme a-t-il donc de com-
» mander à la femme ? pourquoi doit-
» elle obéir ? pourquoi ne pas donner
» aux deux sexes la même éducation ?
» Ces questions se succédaient sans cesse

» dans mon esprit. Mon jeune ami m'a-
» vait fait un tableau si délicieux de
» l'école d'Eton, de la liberté dont y
» jouissent les écoliers, de leurs jeux,
» de leurs études et de leurs étourderies,
» que je me plaignis amèrement de la
» nature de m'avoir fait naître fille, et
» j'aurais donné le monde entier, pour
» être reçu dans cet institut.

» Une rivière coulait au milieu de
» notre parc. Un jour, en passant sur
» un pont, la chaîne de ma montre s'y
» accrocha, et elle tomba dans l'eau; je
» me déshabillai sur-le-champ, me
» plongeai dans le fleuve et l'en retirai.
» Je m'étais souvent baignée à l'insu
» de ma famille; mais la cloche son-
» nant le dîner, je me rendis en hâte
» à la salle à manger. Mes cheveux
» mouillés ayant étonné toute la so-
» ciété, je racontai ce qui venait de
» m'arriver. Ma tante entra en fureur
» de ce qu'une demoiselle avait eu l'in-
» décence de se jeter dans l'eau toute

» nue, et pour m'en punir, m'envoya
» au lit devant tout le monde.

» J'avais déjà les sentimens d'une
» Spartiate ; je me retirai donc pleine
» d'indignation ; et ayant trouvé quel-
» ques habits que notre jeune homme
» avait laissés à Northeole, je m'en re-
» vêtis. Je pris une cassette de dia-
» mans, qui avaient appartenu à ma
» mère, et me dérobai à minuit de la
» maison de mes tuteurs.

» J'entrai ainsi sur le théâtre du
» monde, livrée à moi-même, déguisée
» en homme, et toute entière au pro-
» jet le plus extravagant qui pût jamais
» éclore dans une tête de quatorze ans.
» J'étais résolue d'achever mon éduca-
» tion dans une école de garçons.

» Et cependant, s'écria le Samorin,
» vous niez toujours que vous soyiez
» ma nièce ! le canneton, quoiqu'éclos
» par les soins d'une poule, s'expose
» sans crainte sur l'humide élément :
» l'aiglon perce l'œuf qui le renferme,

» et prend son essor hardi vers le so-
» leil. Non, vous n'êtes pas née d'une
» Européenne ; vous agissez par ins-
» tinct ; c'est le sang de Samora qui
» coule dans vos veines.

» Camilla reprit en souriant : — Un
» simple effet du hasard me fit parvenir
» au comble de mes vœux. En me ren-
» dant à Londres, je ne trouvai dans
» la diligence qu'un seul voyageur.
» J'avais au doigt une de mes bagues
» qui attira son attention, et il me
» montra toute la considération que
» l'on montre à un jeune et opulent
» gentilhomme. A dîner, une bouteille
» de vin nous rapprocha ; je lui avouai
» que mes tuteurs ayant formé le pro-
» jet de me mettre dans une pension
» obscure, je m'étais soustrait à leur
» autorité, dans l'intention de me faire
» inscrire à Eton.

» Il arriva que mon compagnon de
» voyage était un des plus grands
» fripons que l'Angleterre eût jamais

» produits. Il avait étudié les lois, pour
» pouvoir les violer impunément. Il
» prêtait de l'argent aux enfans de fa-
» mille, et vendait les riches héritières
» à des aventuriers. Il avait fait, de sa
» maison, un des plus fameux tripots
» de Londres. Enfin, je fis mes con-
» ventions avec ce scélérat à cheveux
» blancs, qui cependant ne soupçon-
» nait pas mon sexe, et il s'engagea
» moyennant quelques-uns des bijoux
» de ma mère, à me placer à Eton,
» comme un de ses pupilles. Je devais
» passer mes vacances chez lui.

» Combien je dois de reconnaissance
» au défaut de moralité de cet homme
» vil ! les meilleurs principes de tout
» autre ne m'auraient jamais rendu
» d'aussi grands services. Nous arri-
» vâmes à Eton, où on m'inscrivit, en
» qualité d'élève, sous un nom em-
» prunté.

» Je me vis avec sécurité au milieu
» d'une foule de jeunes gens, et mon bon-

» heur voulut que mon jeune ami
» eût été brusquement retiré de cette
» école : ainsi je courais moins de ris-
» que d'être découverte. Quel plaisir,
» quelle joie ne me fit point éprouver
» cette métamorphose! Ce fut alorsque
» je déployai en liberté tous les avan-
» tages de mon éducation bohémienne.
» J'avais la force et la vigueur d'un
» garçon de mon âge. Aucun ne l'em-
» porta sur moi dans les exercices qui
» demandaient de l'activité, et la diligen-
» ce avec laquelle je faisais mes devoirs,
» me mérita les éloges des institu-
» teurs et l'estime de toute ma classe.
　» Une année s'était écoulée depuis
» mon entrée dans cette académie, sans
» que mon sexe eût été reconnu. Nous
» étions au mois de juin, la chaleur
» était excessive, et le soleil nous don-
» nait un été plutôt à l'italienne qu'à
» l'anglaise. Fatiguée d'une promenade
» dans les prairies qui environnaient le
» collège, je m'assis pour me reposer

» sur les bords de la Tamise. Les scènes
» de mon enfance se retracèrent à mon
» souvenir, et la rivière qui coulait à
» mes pieds me rappela celle de Nor-
» theole-Parc. J'éprouvai le plus vif dé-
» sir de me plonger dans ses ondes ra-
» fraîchissantes, et ne voyant personne,
» j'oubliai les règles de la prudence. Je
» me déshabillai et m'élançai dans l'eau.
» Mais hélas ! j'étais dans l'erreur : un
» de mes condisciples était tout près de
» moi ; il s'amusait à la pêche, à l'om-
» bre d'un saule qui me l'avait caché.
» J'avais, en troublant les eaux, fait
» évanouir, pour lui, tout espoir de
» succès ; il vint à moi tout en colère,
» et découvrit mon sexe.

» Voilà donc mon secret à la discré-
» tion du plus égoïste et du moins ai-
» mable de nos jeunes gens. Sa figure
» énorme était aussi étrangère aux grâ-
» ces, que son esprit était dénué de cul-
» ture, et son cœur incapable de tout
» sentiment délicat. Il ne connaissait

» de l'amour que les jouissances physi-
» ques ; l'aiguillon du désir lui avait
» souvent fait courir les filles de la ville
» voisine, mais sa laideur éclipsant son
» éloquence, son amour-propre avait
» dû s'accoutumer aux refus. Voyant
» en ce moment une femme en sa puis-
» sance, il résolut de ne pas laisser
» échapper l'occasion : il s'approcha
» donc de moi.

» J'étais pénétrée de honte, mais il
» n'avait pas assez de délicatesse pour
» être touché de ma confusion. Il fit de
» moi l'objet de ses grossières plaisan-
» teries, et débuta sans nul ménage-
» ment par exiger un abandon absolu
» à ses désirs, comme le prix de son
» silence et de sa discrétion. Je me re-
» fusai avec dédain à sa proposition, et
» le repoussai avec horreur. Irrité de
» ce traitement, il voulut employer la
» violence, à laquelle j'opposai la violence à mon tour.

» Déjoué dans tous ses efforts par

» une résistance qu'il n'attendait pas
» d'une fille, il changea son genre d'at-
» taque. J'étais nue, il se saisit de mes
» habits, et se disposait à m'abandonner
» dans cette situation. Devais-je rester
» ainsi exposée à l'insolence brutale du
» premier qui se présenterait ? D'ail-
» leurs, comment retourner à l'institut,
» maintenant que mon sexe allait être
» connu ? A cette idée, ma colère s'é-
» vanouit, et fit place aux larmes. J'eus
» recours, mais en vain, à tous les
» moyens d'émouvoir sa pitié. Il insista
» toujours sur les mêmes conditions :
» je devais me livrer à ses caresses,
» ou j'avais tout à craindre de sa mé-
» chanceté.

   » J'étais, il est vrai, supérieure à tous
» les préjugés. Je regardais l'amour
» comme le bien commun de tous les
» êtres : et si je n'en avais pas encore
» joui, c'était plutôt par défaut d'oc-
» casion que par réflexion. Cependant
» je n'éprouvais aucun sentiment pour

» ce satyre qui ne m'inspirait au con-
» traire que du dégoût; et si un Adonis
» m'eût sollicitée d'une manière aussi
» impérieuse, ma fierté plus que mes
» préjugés lui aurait tout refusé. Je
» cherchai de nouveau à ressaisir mes
» habits; mais ce monstre, avec un sang
» froid désespérant, les emportait,
» malgré mes cris, lorsque j'aperçus un
» de nos camarades d'un caractère tout à
» fait différent, qui traversait la prairie
» voisine pour retourner au collége.

» Quel parti prendre alors? Je n'a-
» vais pas à délibérer : il était généra-
» lement aimé. Je me flattais qu'il le
» méritait : un jeune homme généreux
» et bien né est incapable de trahir ja-
» mais la confiance d'une femme qui
» se met sous sa protection. Je l'ap-
» pelai: à mes plaintifs accens, il fran-
» chit la haie, et mon persécuteur ayant
» laissé tomber mes habits, je remis
» ma chemise à la hâte, et m'approchai
» de mon libérateur.

» Quel fut son étonnement ! com-
» ment était-il concevable que moi,
» son condisciple, le plus fort joueur
» de paume, je fusse une fille !

» Quoiqu'il n'eût point la stature
» colossale de l'autre, ses muscles ex-
» primaient la force et la vigueur. Il
» était d'un courage reconnu, et le dé-
» faut de taille était compensé de beau-
» coup en lui par sa souplesse et son
» agilité. Il proposa à l'autre de le sui-
» vre ; et celui-ci, quoique furieux de
» n'avoir pas réussi dans son infâme
» dessein, ne put s'y refuser. Mon
» chevalier me salua de la manière la
» plus honnête, et, comme je l'ai appris
» depuis, il exigea de lui la promesse
» de respecter mon secret.

» Je n'oublierai jamais l'agitation dans
» laquelle je passai la nuit suivante,
» ni ma confusion, en passant le len-
» demain dans les rangs des jeunes
» gens, pour me rendre à ma place
» dans l'église. Personne ne tournait

» les yeux vers moi, que je ne le crusse
» maître de mon secret ; personne ne
» souriait que je ne m'imaginasse être
» l'objet de ses plaisanteries. Je ne sa-
» vais quelle contenance tenir. Pen-
» dant le service, mes regards se fixè-
» rent sur le pavé, et une rougeur
» excessive colorait mes joues.

　　» Quelques jours s'étant écoulés, je
» repris ma tranquillité ; je me con-
» vainquis que mon secret n'avait pas
» été trahi, et que je m'étais livrée à
» une terreur panique. Ma sécurité aug-
» menta ma reconnaissance envers le
» généreux jeune homme dont la con-
» duite délicate m'avait sauvée. Une
» chose cependant blessa ma vanité. Ce-
» lui à qui j'avais tant d'obligations, sai-
» sissait tous les moyens de m'éviter,
» et je ne pouvais trouver l'occasion,
» ni de lui faire mes remercîmens, ni
» de lui demander son amitié.

　　» Il est vrai que je surprenais quel-
» quefois ses yeux arrêtés sur moi ;

» mais s'il rencontrait les miens, alors
» il paraissait aussi confus que moi. Je
» ne savais si je devais donner à cette
» conduite une interprétation favo-
» rable ; mais tout se réunissait pour
» m'inspirer de lui la plus haute idée.
» Sa figure où siégeaient les grâces ,
» son adresse dans tous les exercices ,
» son esprit , et surtout sa discrétion
» qui avait paru avec tant d'éclat dans
» mon aventure , n'étaient pas sa moin-
» dre recommandation.

   » En vérité , seigneur , puisque la
» franchise m'est permise dans ces lieux ,
» j'avais été depuis quelque temps ex-
» posée aux plus fortes tentations. Une
» fille d'un âge à recevoir de vos mains,
» à Calicut , la ceinture verte , vivait au
» milieu d'une foule de garçons les
» plus accomplis et les plus aimables.
» Ils étaient mes amis , et partageaient
» toutes mes récréations. Leur âge était
» l'aurore de l'amour, qui leur étant in-
» terdit , excitait d'autant plus vive-

» ment leurs désirs , occupait toutes
» leurs pensées , se mêlait dans tous
» leurs entretiens ; et comme la plu-
» part connaissaient à peine la différence
» des sexes , cette ignorance même exal-
» tait leur curiosité. Si quelque femme
» traversait le théâtre de leurs jeux , à
» l'instant toute leur attention se fixait
» sur cet objet. Si quelque dame mon-
» tait en voiture , ou qu'une paysanne
» vînt à passer par une barrière, l'es-
» poir de remarquer un joli pied les
» réunissait en foule, et dans leurs pe-
» tits festins , ils portaient des toasts à
» quelque beauté du voisinage, ou la
» célébraient par des chansons éroti-
» ques.

» Votre majesté ne se douterait pas
» quelles sont les femmes qui initient
» ces jeunes gentilshommes aux mys-
» tères de l'Amour ; car, en Europe, on
» traite mystérieusement l'affaire la
» plus naturelle du monde : ni la beau-
» té , ni les talens , ni le mérite n'ap-

» partiennent exclusivement à aucune
» classe; et dans le Malabar, si quelqu'un
» de ces dons distinguait une des fem-
» mes les plus vulgaires, un prince de
» l'Empire ne rougirait point de la pré-
» férer à la dame la plus illustre. Ce-
» pendant vous accuseriez de folie le
» cavalier qui, aveugle sur les charmes
» et les rares qualités qui brillent tous
» les soirs dans votre salle d'assemblée,
» fuirait la société de ses égales, pour
» rechercher celle d'une cuisinière igno-
» rante et grossière, ou pour se glisser
» dans le grenier d'une coureuse.

  » Ne faites pas à mes jeunes compa-
» triotes, l'injustice de leur imputer ce
» goût dépravé; ils n'en sont pas cou-
» pables. Tout commerce avec une fem-
» me honnête, excepté le mariage, leur
» étant défendu, ils doivent chercher les
» plaisirs de l'amour auprès de la classe
» la plus avilie du sexe ; et comme la
» police éloigne autant qu'il est pos-
» sible , de nos colléges, ces malheu-

» reuses victimes du préjugé, leur
» nombre est si peu considérable qu'on
» n'en exige pas même de la beauté :
» leur sexe seul est une recommanda-
» tion suffisante. Les créatures les plus
» disgraciées de la nature ont quelque
» fois assez de charmes ; et à l'époque
» dont je parle , une borgne devint
» l'idole de plusieurs de mes cama-
» rades (1).

　» A leur retour de ces bonnes for-
» tunes , ils m'en faisaient le récit. Ces
» tableaux excitèrent en moi de nou-
» velles émotions. Une jeune fille cède
» la première fois, moins par penchant
» que par curiosité , et j'avais la plus
» vive impatience de connaître l'a-
» mour. Si ces jeunes gens trouvaient
» ses jouissances si douces , dans les
» bras des plus viles créatures, je pen-
» sais combien ses délices devraient
» leur paraître supérieures, quand leur

_____

(1) Probablement Fandélla. — *Voy*. t. II,
liv. VI.

» amante serait leur amie, leur com-
» pagne, leur égale. L'amour., tout
» aveugle qu'on le représente, devrait
» savoir distinguer les roses de la jeu-
» nsse et de la santé, des joues far-
» dées d'une prostituée, et préférer la
» conversation d'une demoiselle bien
» élevée, au jargon grossier d'une ser-
» vante. J'avais résolu de découvrir
» mon sexe à quelqu'un de mes amis,
» et je n'étais plus embarrassée que sur
» le choix, lorsque le résultat de ma
» dernière aventure mit mon libérateur
» dans un aspect si favorable.

» Quelques semaines s'écoulèrent en-
» core, avant de trouver l'occasion de
» lui parler. Si je faisais un roman, je
» vous peindrais mes insomnies, mon
» appétit perdu, mes études négligées,
» et tous les symptômes ordinaires d'un
» amour. Mais je serais fâchée d'abuser
» de votre patience. Je sentis enfin tout
» ce qu'une autre fille aurait senti à ma
» place.

» Notre professeur était dans l'usage
» de donner une thèse sur laquelle les
» élèves devaient s'exercer en prose ou
» en vers. Cette thèse eut un jour pour
» texte les droits et les talens de la
» femme, matière bien discutée alors;
» mais il n'attendait de nous que des
» lieux communs et quelques épigram-
» mes contre les femmes, qui, jalouses
» de leur dignité, avaient secoué le
» joug des préjugés, et s'étaient remises
» en possession de leurs droits natu-
» rels, plutôt qu'un examen impartial
» de la justice de leur cause.

» Irritée de ne devoir ma pénible
» situation qu'à de semblables préju-
» gés; qu'eux seuls me fissent éprouver
» les tourmens d'un amour sans espoir
» et dont ils me défendaient de faire
» l'aveu, enfin qu'ils fussent peut-être
» les seuls obstacles à mon bonheur;
» je résolus, dans cette occasion, de
» donner l'essor à toute mon indigna-
» tion. Je m'étais retirée dans un bois

» voisin où j'épuisais tout le fiel de là
» satire contre l'homme, sans distinc-
» tion de juif, de païen, de musul-
» man ou de chrétien ; ce tyran des
» femmes dans toutes les parties du
» monde, car je ne connaissais pas alors
» l'asyle que les généreux Nairs offrent
» à mon sexe. L'enthousiasme poétique
» m'entraînait avec toute sa violence,
» lorsque tout à coup le ciel s'obs-
» curcit, les vents se déchaînèrent, le
» tonnerre gronda, et il s'éleva un
» orage épouvantable qui me força de
» chercher un abri dans la grange d'un
» fermier.

» Mais, ô surprise ! quel est donc ce
» jeune homme qui s'avance ? ah ! c'est
» Singleton, le bien-aimé de mon cœur.
» Figurez-vous mon trouble. Un trem-
» blement universel s'empara de moi.
» A mon aspect, il voulut se retirer.
» Je saisis sa main, j'avais peine à
» m'exprimer ; il parut embarrassé ;
» mais cet embarras me rendit la force

3

» de parler. Je lui reprochai de m'avoir
» refusé toute occasion de lui expri-
» mer ma gratitude.

» Barry, me répondit-il (tel était le
» nom que j'avais pris en entrant au
» collége), vous avez dû voir la néces-
» sité impérieuse de cette conduite de
» ma part; elle m'a été dictée par la
» délicatesse bien plus que par l'inclina-
» tion. Vous pouviez me trouver digne
» de votre amitié : mais pouvais-je être
» sûr que ce sentiment me suffirait ? et
» tandis que j'étais maître de votre se-
» cret, si je me fusse permis une décla-
» ration passionnée, cette déclaration
» même n'aurait-elle pas ressemblé à
» une menace ?

» Cette manière de s'excuser ajouta
» encore à l'opinion avantageuse que
» j'avais conçue de son caractère, et
» accrut mes espérances. Je pus même
» y voir le noble aveu de l'amour le
» plus délicat. Notre entretien s'anima
» bientôt. La thèse que nous avions à

» soutenir fit naître pour lui l'occasion
» de me faire quelques complimens sur
» mes talens (car, en Europe, l'homme le
» mieux élevé ne rougit pas de flatter
» une femme en sa présence), et pour
» moi celle de l'assurer que j'étais ré-
» solue de jouir de tous mes droits, et
» affranchie de tous les préjugés qui
» asservissaient mon sexe. Notre con-
» naissance commençait, mais notre
» amitié était déjà consommée, et l'a-
» mour ne tarda pas à triompher à son
» tour; car, sans le mettre à mes ge-
» noux, pour me faire des protesta-
» tions inutiles, et sans m'apprendre
» à feindre un évanouissement ou une
» résistance puérile, pour mieux voiler
» le plaisir de ma défaite, il nous rendit
» heureux par une possession mutuelle.
» La tempête sifflait à nos oreilles, les
» éclairs brillaient à nos yeux, le ton-
» nerre grondait sur nos têtes; mais
» au milieu du conflit des élémens,
» je cessai d'être vierge.

4

» Cette charmante liaison ne subit
» aucune altération durant le peu de
» temps que je restai à Eton. Nous sui-
» vions les mêmes études, nous parta-
» gions les mêmes jeux ; pour nos ca-
» marades, nous fûmes toujours Barry
» et Singleton ; entre nous, Edouard
» et Camilla étaient les amans les plus
» tendres. Mais je crains d'avoir abusé
» de la patience de votre majesté et de
» son temps précieux. Cependant je ne
» suis encore qu'à la moitié de mon
» histoire.

» Depuis mon évasion, ma famille
» n'avait rien négligé pour découvrir
» ma retraite. Toutes les annonces insé-
» rées dans les feuilles publiques étaient
» restées sans succès : mais le vieux scé-
» lérat, qui m'avait placée à l'école,
» ayant été condamné au pilori, pour
» avoir contrefait une promesse de ma-
» riage entre un jeune héritier et une
» femme sans naissance et sans mœurs,
» écrivit à M. Knightley qu'il mettrait

» son neveu entre ses mains, s'il dai-
» gnait employer son crédit pour le
» soustraire à cette punition.

» L'un était aussi peu instruit de mon
» travestissement, que l'autre de mon
» vrai sexe; mais s'étant abouchés, on
» décida que j'étais le neveu en ques-
» tion. Le vieux pêcheur me manda à
» Londres, sous le prétexte de quel-
» qu'affaire importante : m'y étant ren-
» due sans aucun soupçon, mon tuteur
» m'arrêta, et m'ayant fait reprendre
» le costume de mon sexe, il me ramena
» avec lui à sa campagne.

» Je rentrai donc sous l'autorité de
» ma tante, et je me vis traitée avec
» plus de rigueur que jamais. Que ma
» situation était changée ! On me dé-
» fendit tous les livres, on m'attacha au
» métier pour broder quelqu'habit de
» cour à cette très-chère tante. Un jour
» je reçus une réprimande sévère, pour
» avoir couché sans mes gants qui de-
» vaient rendre à mes bras leur délica-

5

» tesse et leur blancheur, et je fus mise
» aux arrêts dans ma chambre, une se-
» maine entière, pour avoir osé lire
» un traité sur l'anatomie. Quand la
» société discutait quelque point de po-
» litique ou d'histoire, si j'étais tentée
» de prendre part à la conversation,
» ma tante, en fronçant le sourcil,
» m'imposait silence ; un roi de France
» disait qu'une cour sans femmes était
» un printemps sans roses, mais mes
» compatriotes pensent moins galam-
» ment que leurs voisins. Ainsi, lorsque
» les femmes, selon l'usage absurde de
» l'Angleterre, sortaient de table après
» le dîner, j'éprouvais le plus grand
» dépit de laisser les hommes occupés
» de quelque dissertation intéressante,
» pour aller écouter les entretiens fri-
» voles de mon sexe, sur la façon
» d'une robe, ou sur le prix et la qua-
» lité d'une mousseline.

» La perspective d'un meilleur sort
» s'ouvrit cependant bientôt devant moi;

» car j'étais si complétement malheu-
» reuse, qu'il ne pouvait y avoir de
» changement dans ma position qu'en
» mieux. Le jeune Knightley, ou plutôt
» Knightley le fils, car il n'était plus
» jeune, le même que son père avait
» déshérité, se trouva libre à cette
» époque, par la mort de sa femme.
» Cette malheureuse avait mérité une
» destinée plus favorable; sa mère in-
» trigante et dénuée de toute bonne
» qualité, excepté de la tendresse ma-
» ternelle, devenue veuve d'un bour-
» geois de Londres, s'était établie à Ox-
» ford, où elle se flattait de trouver
» des maris à ses deux filles, parmi les
» étudians de cette université. Une de
» ces demoiselles fut la triste victime
» de ses téméraires projets; car l'étu-
» diant dont on avait voulu faire une
» dupe, à cause de sa fortune, l'ayant
» débauchée, l'abandonna, sans autre
» moyen de soutenir sa misérable exis-
» tence, que les infâmes ressources de la

6

» prostitution. L'autre surmonta toutes
» les difficultés, sans pouvoir néanmoins
» triompher, au milieu même de ses
» succès. Knightley se laissa entraîner,
» à force de cajoleries, à lui donner la
» main ; elle était douée de quelque
» mérite, mais sa naissance ne lui per-
» mettait pas d'aspirer à une si haute
» alliance ; la famille des Knightley ne
» voulut pas y souscrire, et le jeune
» époux n'était pas d'humeur à vivre
» dans une chaumière. Sa passion se
» refroidit, le dégoût succéda à l'in-
» différence, ils se séparèrent ; mais il
» partagea fidèlement avec elle le peu
» qu'il recevait de sa famille. Il passa
» sur le continent, où il erra jus-
» qu'à ce que la mort vînt terminer
» les chagrins de sa femme, et le faire
» rentrer en grâce auprès de son père.
» Ma tante n'ayant point d'enfant,
» son mari craignit d'être obligé de
» restituer les biens qu'elle tenait de sa
» famille, ce qui aurait fait évanouir

» les combinaisons politiques fondées
» sur leur union.

» J'étais l'héritière des Northeole, et
» l'odieux engagement de son fils était
» rompu. Après quelques délibéra-
» tions, ma tante et lui arrêtèrent
» notre mariage. Il est vrai qu'il s'y
» trouvait la même disproportion d'âge
» que dans le leur. Peut-être ce lien
» devait-il faire le malheur de ma vie;
» et combien ne résulte-t-il pas de
» maux en Europe de pareils traités!
» Mais qu'importaient ces considéra-
» tions à un homme d'état, pourvu que
» son influence parlementaire acquît
» de nouvelles forces? son fils n'opposa
» aucune difficulté à l'exécution de ce
» projet. Quant à moi, on ne daigna
» pas même me demander mon con-
» sentement.

» Cependant je ne sentis aucune ré-
» pugnance. Mon futur était plein de
» talens, aimable et toujours gai. Il
» avait vu la plus grande partie de

» l'Europe ; et malgré qu'il eût une ré-
» putation de libertin et d'esprit-fort ,
» les connaissances qu'il avait acquises,
» durant son exil, l'auraient mis en
» état de jouer un rôle dans sa patrie.
» Cette perspective me flatta ; et quoi-
» que par son âge il me convînt moins
» qu'à ma tante , à qui sa main avait
» d'abord été destinée, cependant sa
» figure, sans avoir la fraîcheur de la
» jeunesse , était très-intéressante ; il
» se présentait avec une noble aisance;
» toutes les femmes briguaient ses re-
» gards , et les hommes l'écoutaient
» avec attention.

» Le mariage dans les idées de ma
» tante, était pour son sexe un état d'o-
» béissance passive ; elle me fit appeler
» un matin, et me traça le plan de ma
» conduite future (1).

« Si votre prétendu, me dit-elle,

_____

(1) Elise , ou le Modèle des femmes , ouvrage allemand.

» était, comme on pourrait l'attendre
» de son âge, d'un caractère plus so-
» lide, je vous en féliciterais de tout
» mon cœur. Oh! quel est le bonheur
» de l'épouse qui se donne à un homme
» en qui les passions de la jeunesse se
» sont éteintes! Un tel mari ayant
» goûté tous les plaisirs, ne cherche
» plus que le repos dans ses bras »
(joli début pour des oreilles de dix-
sept ans).—« Mais je crains, continua-t-
» elle, que votre futur n'ait pas encore
» atteint l'âge de la discrétion; en con-
» séquence je vous conseille de lui of-
» frir constamment dans toute votre
» personne des charmes qui, quand il
» aura voltigé de belle en belle, le ra-
» mènent dans vos bras, en renouve-
» lant ses désirs. Employez tout l'art
» d'une sage coquetterie; étudiez toutes
» ses fantaisies, et pliez-vous à tous
» ses caprices, pour ranimer sa pas-
» sion; créez-lui de nouveaux amuse-
» mens, et qu'il sache que vous en

» êtes l'auteur. Je vous en préviens ce-
» pendant, ne comptez pas encore sur
» sa fidélité, mais que ni votre air ni
» votre ton ne trahissent vos soupçons.
» Que l'amour et la soumission res-
» pirent dans toute votre conduite en-
» vers lui. Consacrez tous vos moyens
» et tous les instans de votre vie à son
» bonheur et à sa satisfaction. Ces
» soins vous rendront chère à son
» cœur. Quand l'amour y aura établi
» son empire, vous pourrez sans in-
» quiétude le voir passer dans les bras
» d'une autre, où la passion le conduira;
» s'il presse l'objet de ses désirs illégi-
» times avec plus d'ardeur contre son
» sein, il vous montrera à vous-même
» plus d'égards et d'estime.

» S'il se laissait séduire en votre pré-
» sence par la beauté ou les charmes de
» quelqu'autre femme, ou si ses ma-
» nières trahissaient l'impression qu'il
» en a reçue, gardez-vous bien de vous
» en plaindre. Que vos procédés et

» votre humeur n'en soient ni chan-
» gés ni altérés ; sans rien affecter,
» disputez d'agrémens avec votre ri-
» vale ; et quand même vous auriez
» perdu le cœur de votre époux, ne
» lui montrez jamais d'indifférence, ni
» en public, ni dans le particulier ; il est
» votre seigneur et votre maître, il a
» des droits à votre respect ».

» Je me mordis les lèvres de dépit, et
» mon indignation aurait éclaté, si mon
» futur ne se fût pas fait annoncer pour
» se déclarer dans les formes. Ma tante
» nous ayant laissés en tête à tête : —
» Camilla, me dit-il, cette visite de ma
» part, en qualité d'aspirant à votre
» main, doit vous étonner, moi qui ai
» saisi toutes les occasions de déclamer
» contre le mariage. Et en effet, si vous
» attendez que je me prosterne à vos
» pieds, que je m'embarrasse dans le
» dédale des complimens, et que je vous
» adresse des soupirs, vous êtes vrai-
» ment dans la plus grande erreur. Je

» vous avouerai franchement que je
» ne vous aime pas plus que je ne vous
» hais. Quand même vous m'auriez
» inspiré le plus violent amour, je n'en
» eusse pas été plus disposé à vous
» épouser. Ayant aimé cent fois dans
» ma vie sans me marier, pourquoi ne
» finirais-je pas par me marier sans
» amour ? Comme femme d'esprit,
» vous jouirez de mon estime; et pour
» vous en donner la première preuve,
» j'oserai vous avouer que c'est par
» obéissance aux volontés de ma fa-
» mille, et non par inclination, que je
» vous offre ma main. Si vous avez
» pour moi la même indifférence, et
» l'indifférence est sans contredit le
» fondement le plus sûr du bonheur
» dans le mariage, vous ne la refuserez
» pas. Dans le cours de mes amours,
» je ne fus jamais l'esclave de mes maî-
» tresses; devenu époux, je ne serai
» jamais le tyran de ma femme. J'ai,
» depuis long-temps, remarqué com-

» bien vous étiez impatiente de votre
» joug actuel : en vous engageant à
» tout autre homme ; vous ne feriez
» que changer de chaînes ; vous passe-
» riez de main en main, comme un ef-
» fet de change , accepté par votre
» mari et endossé par votre tuteur ;
» mais en me donnant votre main ,
» votre cœur conservera sa liberté ; et
» pendant que, sous le pavillon de
» l'hymen, votre vaisseau fera , avec
» des amans, le commerce qui vous
» plaira, mon nom lui servira de lettre
» de marque, pour le garantir de toute
» accusation de piraterie ».

« Eh bien ! la voilà, lui répondis je,
» en lui présentant ma main ».

» Bientôt le jour des noces fut fixé.
» On invita toute la province ; on écri-
» vit à une foule de cousins et de cou-
» sines, et la fête devait se célébrer
» avec une magnificence digne de deux
» familles aussi distinguées.

» Le temps destiné aux préparatifs

» était presqu'écoulé; mais mademoi-
» selle Pénélope Knightley, tante de
» mon prétendu, était la seule des
» personnes invitées qui fût encore
» arrivée. Cette gentille demoiselle
» n'avait jamais eu beaucoup à se
» louer de la nature, et son printemps
» s'était évanoui long-temps avant que
» la fortune l'eût prise sous sa protec-
» tion; et quelle est la femme qui,
» sans beauté et sans richesses, puisse
» prétendre à un mari? Dans le Mala-
» bar, si elle était trop laide pour ins-
» pirer une tendre passion, elle serait
» tout au plus réduite à tenir de l'a-
» varice de son amant, ce qui devrait
» être le prix du sentiment Elle se-
» rait en droit de lui faire valoir la
» peine de l'aimer, sans faire le sacri-
» fice de sa liberté à un être méprisable;
» elle pourrait devenir mère, et trouver
» dans la piété filiale, quelque compen-
» sation au défaut de la sympathie
» dans son adorateur à gages. Elle se-

» rait toujours moins à plaindre que ne
» l'est en Europe une épouse qui, s'é-
» tant mise au pouvoir d'un homme
» vil et sans âme, est trop heureuse si
» elle n'est que négligée, et non mal-
» traitée dans la suite : et par paren-
» thèse, on est, dans cette même Eu-
» rope, si inconséquent, que l'infor-
» tunée qui, menacée des horreurs de
» la faim, consentirait à passer de sa
» personne un bail momentané, est re-
» gardée comme une infâme, quoi-
» qu'un homme d'honneur ne se fasse
» aucun scrupule, en se mariant par
» un sordide intérêt, de se vendre à
» vie. Quant à moi, j'aurais plus de
» considération pour un pauvre nègre
» qui se donnerait pour une mesure
» d'eau-de-vie, que pour un homme
» de qualité, qui, de cette manière,
» ne rougirait pas de manger son pain
» à la sueur de son front. Mais pardon-
» nez cette petite digression.

» Pénélope était encore vierge,

» quoiqu'elle eût manqué de se marier
» dans sa quarante-cinquième année.
» Ce n'est pas qu'elle fût alors plus ai-
» mable qu'elle ne l'avait été vingt ans
» auparavant; mais les années, sans
» embellir sa figure, avaient accru sa
» dot, qui lui prêtait mille charmes aux
» yeux d'un aventurier irlandais. Ce
» héros lui avait engagé sa foi; mais
» dans un moment d'humeur, il osa
» donner un coup de pied à son bar-
» bet, car le cœur doit toujours avoir
» quelqu'objet de prédilection ; elle
» rompit donc avec lui, et résolut de
» rester vierge. Elle partageait son
» temps entre le soin de ses animaux et
» les devoirs d'une religion, mélange
» bizarre de superstitions païennes.
» Elle se coupait les ongles à la pleine
» lune, et enterrait soigneusement les
» rognures. Elle n'aurait pas voulu,
» pour tout au monde, sortir de sa
» chambre le pied gauche le premier, ni
» décacheter une lettre le vendredi.

» La famille était réunie pour la
» prière, coutume adoptée depuis l'ar-
» rivée de mademoiselle Pénélope,
» quand on apporta la boîte aux lettres.
» Mon futur, son père et sa tante
» furent très - étonnés d'en recevoir
» chacun une, écrite de la même
» main, qui leur était également incon-
» nue à tous les trois.

» Le contenu augmenta la surprise
» qu'avait causée l'adresse. Un ano-
» nyme leur rendait compte de mon
» séjour à Eton, et de mes amours
» avec Singleton ; sans doute elle avait
» été dictée par la méchanceté du per-
» sécuteur que j'y avais rencontré.

» Cela est vraisemblable, interrom-
» pit le Samorin ; mais pourquoi l'ac-
» cuser ici de noirceur ? votre pré-
» tendu devait être charmé que vous
» eussiez été élevée dans un collége
» aussi distingué. Pour moi, je n'ai
» jamais pu m'attacher à une igno-
» rante. L'idée seule d'en épouser une

» me serait insupportable : mais quelle
» fureur d'écrire, que de s'occuper
» des amours d'une petite fille!

  » Il n'est point de Naïrs, reprit Ca-
» milla, qui n'eût pensé de même ;
» mais, pour mon malheur, j'étais en
» Europe. Quel despote voudrait com-
» mander à des sujets trop éclairés ?
» et une épouse est une espèce d'es-
» clave qui peut en savoir trop pour
» son seigneur et maître. Cependant
» personne ne daigna revenir sur cette
» éducation ; toute leur attention se
» fixa sur ma perte.

  » Eh ! quelle perte ! s'écria le mo-
» narque.

  » Celle de mon innocence, pour par-
» ler le langage de l'Europe. La ver-
» tueuse Pénélope commença un long
» sermon sur la dépravation actuelle
» des mœurs. M. Knightley se pro-
» menait dans la salle, hésitant entre
» l'honneur de sa famille et son in-
» fluence parlementaire.

» Mon prétendu prit une gazette qu'il
» se mit à lire, et ma tante proposa
» de me faire garder la chambre, au
» simple gruau pour toute nourriture.

» Je vous entends, dit le Samorin,
» j'ai lu quelque part que la faible
» santé des Européennes exige une cer-
» taine diète, pendant leur grossesse.

» Vous vous trompez, seigneur,
» répondit en souriant Camilla ; la
» bonne dame n'indiqua pas son ré-
» gime comme un remède, mais com-
» me une punition. Elle était si accou-
» tumée à me regarder comme une en-
» fant, que je n'aurais point été étonnée
» qu'elle m'eût reléguée dans une cham-
» bre obscure, pour la même faute.

» Que ne donnerais-je pas, s'écria
» le Samorin en soupirant, pour avoir
» une nièce coupable d'un pareil délit » !

Camilla reprit son histoire. — « Mon
» prétendu fut le seul qui parût ne
» voir, dans cette dénonciation, que
» de l'enfantillage. Par hasard il se

» trouvait ce jour dans la gazette un
» sonnet où quelque tartuffe de poète
» conseillait aux victimes de la séduc-
» tion de mourir de désespoir, et
» d'ensevelir leur honte dans la nuit
» du tombeau, le seul asyle qu'il pré-
» tendît leur rester. Il fit la lecture de
» cette pièce d'un ton si solennel et
» si sérieux, que ceux qui ne connais-
» saient pas ses principes, n'auraient
» jamais pu soupçonner qu'il ne vou-
» lait que mystifier ses auditeurs.

 » Sans doute, mon neveu, s'écria
» Pénélope, vous ne consentiriez pas
» maintenant à l'épouser ! — Et pour-
» quoi non ? répondit-il ; qui paiera
» mes dettes ? puisque je dois aller à
» l'église ou en prison, je me pro-
» nonce pour l'église.

 » Je découvris alors qu'il ne daignait
» m'épouser qu'à condition que son
« père paierait ses dettes; mais sa tante
» s'y étant engagée, il se félicita de
» pouvoir échapper au lien conjugal,

» et partit le lendemain pour Bath,
» où la femme d'un envoyé étranger
» lui avait donné rendez-vous.

» Ma famille résolut en conséquence
» de me marier au premier prétendant
» qui se présenterait, fût-il vieux,
» laid, dégoûtant, boiteux ou bossu ;
» fût-il infecté de toutes les maladies
» que le vice et la débauche entraînent
» à leur suite ; dût son caractère être
» équivoque, son cœur dépravé, et sa
» tête mauvaise : pourvu qu'il fût gen-
» tilhomme et riche, je ne devais pas
» le refuser, et c'était à cet odieux
» composé de tout ce qu'il y a de vil
» et de détestable, que je devais jurer
» amour, estime et obéissance. Quand
» on est aussi peu délicat sur le choix,
» l'objet qui le fixe ne doit pas long-
» temps se faire attendre.

» Comme on avait envoyé des excuses
» à toutes les personnes qui devaient
» assister à mes noces, nous fûmes
» étonnés, quelques jours après, d'en-

» tendre une voiture arriver avec fra-
» cas, et bientôt une voix qui criait
» sur l'escalier : — Mettez-la dans une
» cave ; elle y vivra encore trois jours.
» — A l'instant se présente un person-
» nage d'une taille courte et ramassée,
» trop essoufflé pour pouvoir répondre
» aux complimens qu'on lui adressait.
» C'était le chevalier sir Homfroi Scar-
» boucle, le plus grand gourmand des
» trois royaumes, et qui courait d'un
» bout à l'autre de l'île pour faire un
» bon dîner.

» Espère ne pas venir trop tard,
» s'écria-t-il ; n'ai pu arriver plutôt ; ai
» dîné hier chez un maire où entendis
» parler des noces ; quoique ne fusse
» pas invité, savais que serais le bien
» venu, car ai apporté une tortue avec
» moi.

» Je sortis pour laisser à ma famille
» la liberté d'expliquer les incidens qui
» me concernaient, comme elle le juge-
» rait à propos. A mon retour, le che-

» valier me fixa ; pendant le souper ,
» son attention se partagea entre moi
» et un pâté de foie , et il daigna té-
» moigner sa satisfaction de l'un et de
» l'autre. J'attribuai ses égards à ma
» bizarre position.

» Camilla , me dit le lendemain M.
» Knightley , je vous ai trouvé un mari.
» — J'imagine que vous n'en avez pas
» cherché; tous les maux nous arrivent
» d'eux-mêmes. — C'est le chevalier.—
» Moi , épouser le chevalier ? — Oui ,
» et le plutôt possible ; avant que ce
» correspondant officieux ne renverse
» nos projets , et que votre honte ne
» devienne publique ; l'honneur de
» notre famille exige qu'elle se débar-
» rasse de vous par le mariage. — Mais
» je ne le connais pas plus qu'il ne me
» connaît lui-même. — Tant mieux ,
» rendez-en grâce à votre bonne étoile ;
» s'il vous connaissait, il ne vous épou-
» serait jamais : et pourquoi le con-
» naître ? je le connais , moi ; nous

3

» avons été condisciples, il y a bien cin-
» quante ans. — Charmante recomman-
» dation en vérité aux yeux d'une fille
» de dix-sept ans !

 » Sir Homfroi, le plus désagréable
» des mortels, et par le corps et par
» l'esprit, sollicita la permission de me
» rendre ses respectueux hommages ;
» car, en Europe, une femme n'exerce
» pas seulement une espèce de despo-
» tisme, mais elle devient même une
» idole, pendant le court espace de
» temps où on lui fait la cour.

 » La cour ! s'écria le Samorin ; vos
» Européens regardent les femmes
» comme des esclaves, et cependant ils
» daignent leur faire la cour ! Quoi-
» qu'elles soient libres chez nous, au-
» cun Nair ne s'abaisserait à une telle
» expression, et ce chevalier n'était-il
» pas gentilhomme et votre égal ? Dans
» les affaires d'état, nous nous humi-
» lions devant nos supérieurs, mais
» nous n'en reconnaissons point en

» amour. Sont-elles donc véritablement
» des esclaves ?

» Oui, elles le sont, repartit Camilla,
» quoique, pendant les saturnales, on
» leur permette d'insulter à leurs
» maîtres ; et cet homme, devenu
» mon époux, aurait exercé sur moi
» le plus dur despotisme. Un rire im-
» modéré qui agitait sans cesse son
» énorme embonpoint, lui avait donné
» la réputation d'un homme de bonne
» humeur ; mais les yeux du public
» s'étaient ouverts sur le sort de sa
» première épouse, lorsque sa femme-
» de-chambre révéla les tourmens
» de cette martyre du mariage. Quoi-
» que poli et obligeant en société, quoi-
» qu'excellent convive et toujours fé-
» cond en saillies pour exciter la gaîté
» dans une table, il était chez lui le
» tyran le plus maussade et le plus em-
» porté. Dans un dîner avec lui, tête
» à tête, sa femme ayant répandu la
» sauce qu'il aimait de préférence,

» il la frappa brutalement, sans égard
» pour sa grossesse, et cet outrage lui
» fit faire une fausse couche, dont
» elle mourut. Il fit ensuite la cour
» (si votre majesté veut bien me passer
» cette expression) à plusieurs de-
» moiselles; mais comme leur position
» était moins critique que la mienne,
» et que leur honneur n'était point
» compromis, leurs parens avaient
» toujours permis qu'elles rejetassent
» ses soins: mon destin qui m'avait pré-
» servée d'un suicide avec Knightley
» (car quel autre nom donner au ma-
» riage contracté volontairement), me
» menaçait d'être immolée à ce mons-
» tre, qui, à la figure de Polichinelle,
» joignait l'âme de la Barbe-Bleue.

» Cette lourde machine se prome-
» nant dans le salon, et tombant mé-
» thodiquement à mes genoux, entre-
» prit l'éloge de ma beauté, comme si la
» beauté était la qualité la plus essen-
» tielle dans une compagne qu'on se

» donne pour la vie, et me protesta
» que mon amour était nécessaire à
» son existence, quoiqu'il m'eût vue la
» veille pour la première fois. Enfin,
» sa déclaration fut, dans le style ordi-
» naire, un tissu d'absurdités; je tâchai
» de l'éluder de la manière la moins of-
» fensante pour son amour-propre.

» Je sais bien, me dit-il, que l'éti-
» quette est de tourmenter vos hum-
» bles serviteurs, et de les repousser
» d'abord, malgré votre secrète réso-
» lution de les accueillir ensuite; mais
» permettez-moi d'espérer qu'une con-
» sidération toute particulière vous dé-
» terminera à abréger la durée de mon
» purgatoire.

» Je lui répondis qu'aucune femme,
» quelle que fût son indifférence, ne
» pourrait lui savoir mauvais gré de ses
» sentimens, qu'il serait cruel de le flat-
» ter de fausses espérances, et qu'il y au-
» rait autant d'imprudence que de pré-
» somption à le tenir en suspens; car

» un mari peut user de représailles,
» pour venger les souffrances de l'a-
» mant; mais en supposant que je fusse
» assez bizarre pour me conduire ainsi,
» quelle était donc cette considération
» particulière qui devait aggraver ma
» folie ?

» Ma chère demoiselle, me dit-il, on
» ne pourrait conserver la tortue plus
» d'une semaine; je l'avais apportée
» pour les noces de mon rival, mais
» elle figurerait beaucoup mieux aux
» miennes.

» Ensuite il en revint à ses complimens
» ampoulés ; mes traits étaient ceux
» de Vénus; j'avais la majestueuse dé-
» marche de Junon, tout l'esprit de
» Minerve brillait dans ma conversa-
» tion : pour les demi - déesses et les
» héroïnes, elles n'étaient pas dignes de
» porter la queue de ma robe. Enfin
» ma patience s'épuisa; et l'ayant con-
» duit devant une glace, je le priai
» de se rappeler quel avait été le

» sort de Vulcain en épousant Vénus.

» Alors il me fit la description la plus
» pompeuse de ses châteaux, de ses
» terres, de son hôtel en ville, à l'ameu-
» blement duquel il voulait que mon
» goût présidât, de ses équipages, de
» ses livrées, et d'autres objets dont il
» faisait également beaucoup de cas. —
» Je lui répondis qu'il ne s'agissait pas
» d'une alliance entre Northeole-Parc
» et Scarboucle-Ville, mais entre ma-
» demoiselle Harford et le chevalier
» Scarboucle, et qu'avant que l'hymen
» les unît, il y avait une infinité de
» changemens à opérer dans son hu-
» meur, dans sa tête, dans sa figure,
» dans son esprit et ses manières,
» plutôt que dans ses équipages ou
» sa livrée, et que, pour me détermi-
» ner à habiter sa maison à la ville, elle
» avait plus besoin d'un nouveau maî-
» tre que de nouveaux meubles. Mais,
» hélas! je trouvai cet homme qui avait
» à peine voulu permettre à son épouse

» de le regarder en face, assez rampant
» pour souffrir de sa maîtresse les in-
» sultes les plus réfléchies; il reprit la
» posture la plus humble. L'amour,
» dit-il, en parodiant sans doute quel-
» que comédie, l'amour m'a fait tom-
» ber à vos genoux, l'espérance seule
» me fera relever.

» Tout à coup la cloche annonce le
» dîner; il se lève, et me présente la
» main pour nous rendre à la salle à
» manger.

» Malgré mon opposition, mes pa-
» rens avaient résolu de me donner à
» lui, et la cérémonie devait avoir
» lieu dans trois jours. Ma position
» exigeait que les noces fussent se-
» crètes; mais le chevalier ambition-
» nait si vivement de faire les honneurs
» de sa tortue, qu'il eût plutôt renoncé
» à sa future qu'au festin nuptial.

» Ma tante me prodigua toutes les
» consolations possibles, et me fit une
» longue énumération des demoiselles

» qui avaient été forcées de se marier
» contre leur inclination : car, dit-
» elle, qui peut penser à consulter le
» penchant d'une jeune créature dans
» une affaire d'une si grande impor-
» tance ? — Et la vertueuse Pénélope
» déclara qu'une coquine, telle que
» moi, méritait pour époux un renégat
» turc plutôt qu'un chevalier chrétien;
» mais, en dépit de sa religion, elle ne
» se fit aucun scrupule de dérober mes
» fredaines à la connaissance de son
» frère en Jésus-Christ.

» Toute autre, à ma place, aurait
» donné le premier jour aux larmes,
» le second aux préparatifs de son
» mariage, et le troisième elle se serait
» enfin dévouée à un joug malheu-
» reux pour elle-même et inutile à la
» société : mais moi, je sus me tirer
» d'affaires ; et mettant à profit mon
» séjour parmi les Bohémiens et mon
» éducation dans un collége d'hommes,
» je suivis un autre plan ; et je suis

» devenue mère ».— Ici Camilla pressa la petite Marina contre son sein.

    « La seconde nuit, je jetai quelques
» parties de mon habillement sur le
» bord de la rivière, pour faire croire
» à ma famille que je m'étais noyée, et
» je me réfugiai de nouveau à Londres.
» Je descendis chez une vieille femme
» qui vivait d'une rente viagère que lui
» avait faite feue ma mère ; je me pro-
» posais de rester avec elle, jusqu'à ce
» que j'eusse pris une résolution fixe.

    » Ce même soir, une jeune fille
» vint la voir ; elle était bien avancée
» dans sa grossesse. — Ma tante ! lui
» dit-elle, le moment de mes couches
» n'est pas éloigné, avez-vous trouvé
» quelqu'un pour me remplacer ? —
» La vieille m'apprit que sa nièce était
» au service de madame Montgomery.

    » Je ne vous peindrai pas les excel-
» lentes qualités de cette femme ex-
» traordinaire, que le prince votre ne-
» veu vous a sans doute fait con-

» naître : elle était la meilleure des
» maîtresses, et l'idole de ses domes-
» tiques. Lorsqu'il y avait dans sa mai-
» son quelque place vacante , quelle
» foule de concurrens on voyait ac-
» courir! jamais elle ne mit à la porte
» une fille qui avait cédé à l'impulsion
» de la nature. Si les soupirs et les doux
» propos de l'amour se faisaient en-
» tendre librement dans les cours et
» les corridors de son hôtel, jamais
» l'infanticide n'y chercha l'impunité
» dans les caves ou les greniers. Loin
» de regarder la grossesse comme un
» crime qui méritât l'expulsion, quand
» quelqu'une de ses femmes se trouvait
» dans cet état, elle lui permettait de se
» retirer pour un mois, en se donnant
» un substitut pour faire son service.
  » Je craignis que mes parens ne me
» découvrissent dans mon nouvel asyle ;
» et d'ailleurs, je désirais faire la con-
» naissance de madame Montgomery.
» Je résolus donc de prendre la place

» qui se présentait, et m'étant revêtue
» des habits de cette jeune fille , je
» pris rang parmi mes nouveaux ca-
» marades.

» La première quinzaine s'écoula
» pour moi dans la cuisine, où je restai
» sans être remarquée. Je craignis que
» la seconde ne se passât de même ,
» sans pouvoir me faire distinguer par
» ma maîtresse. Mais un incident vint
» favoriser mes projets. Ses enfans eu-
» rent la petite vérole. Pour les faire
» changer d'air , on les conduisit à
» quelque distance de Londres, et je
» fus du nombre des domestiques nom-
» més pour en prendre soin.

» Une nuit, des cris *au feu, au feu,*
» nous réveillèrent; la moitié de la mai-
» son était déjà en flammes. Nous nous
» précipitâmes, les enfans et les bonnes,
» dans la cour. Cette maison était iso-
» lée, point de pompe dans le voisi-
» nage; il fallait abandonner le bâti-
» ment aux fureurs de l'incendie. Tout

» à coup un des enfans s'écria que sa
» petite sœur nous manquait, parce
» que sa bonne avait été trop occupée
» à sauver des flammes sa parure des
» dimanches, pour penser à elle. Quelle
» scène de désolation ! une cour rem-
» plie de femmes, les unes folles de dé-
» sespoir, les autres pétrifiées d'hor-
» reur ; tantôt des cris lamentables
» tantôt un lugubre silence. Les do-
» mestiques qui avaient passé la nuit
» au cabaret n'étaient pas encore de
» retour. On crut l'enfant perdu, l'es-
» calier était tout en feu.

» Heureusement il y avait un vivier
» dans le jardin. Je m'y plongeai toute
» habillée, et m'élançai sur ce fatal es-
» calier qui menaçait de s'écrouler sous
» moi ; et après avoir jeté l'enfant par
» la fenêtre sur une couverture de lit
» que les autres tenaient déployée en
» bas, je me sauvai moi-même, en me
» précipitant sur un fumier.

» Alors nous apprîmes la cause de ce

» désastre. La maîtresse de la maison
» avait défendu à sa fille de lire des
» romans, et cette défense même lui en
» inspira la plus forte envie. Trop ob-
» servée pendant le jour, elle se livrait
» à sa manie pendant la nuit. Cette fois,
» s'étant endormie, le feu prit aux
» draps de son lit, et réduisit la maison
» en cendre.

» Le lendemain je reçus les remer-
» cîmens de madame Montgomery.
» Une si bonne mère ne se serait jamais
» éloignée de ses enfans, si elle n'eût
» pas craint que le plus jeune qu'elle
» alaitait encore, ne gagnât la petite
» vérole. Elle voulut me donner une
» récompense, je refusai; cette con-
» duite lui fit naître l'idée que j'étais
» bien supérieure à l'état où je parais-
» sais. Elle me questionna, et me fit
» part de ses soupçons.

» Je lui confiai mon histoire, et im-
» plorai sa protection. Elle m'offrit sa
» maison et sa bourse jusqu'à ma ma-

» jorité. Ne croyez pas, ajouta-t-elle
» avec une politesse recherchée, que
» ce soit la reconnaissance seule qui
» m'inspire. Non, l'intérêt influe pour
» beaucoup sur ma conduite avec vous.
» Quelle joie pour ma fille aînée de
» vous avoir pour compagne, et quel
» avantage pour les cadettes de vous
» avoir pour modèle!

» J'acceptai sa proposition, et dès
» lors j'ai passé pour sa fille. La vérité
» n'a été connue que des seuls amis les
» plus intimes.

» Madame Montgomery, comme
» l'aînée de ses deux sœurs, avait hé-
» rité du château de sa famille, en
» Ecosse; et au milieu de ses bosquets
» délicieux, elle invoquait les Muses
» et cultivait toutes les branches de la
» littérature. Elle se livrait à l'étude
» de toutes les sciences, et le public
» admirait les profondes productions
» de sa plume. Pénétrée des grands
» sentimens de votre illustre sœur,

» c'est elle, comme je l'ai découvert
» ensuite, qui avait écrit en faveur des
» droits de la femme : mais formée
» non-seulement pour instruire une
» société choisie, par sa conversation,
» elle brillait encore dans les cercles
» les plus élégans du grand monde.
» L'homme à la mode était aussi fier
» d'assister à sa toilette, que l'homme de
» lettres d'avoir son entrée dans sa bi-
» bliothèque, et un régiment de petits
» maîtres l'escortait à la promenade.
» Le savant sollicitait la permission de
» lui dédier le fruit de ses veilles ; le
» comédien recherchait sa protection,
» comme le gage de ses bénéfices.
» L'homme d'état la consultait sur les
» affaires politiques, et le pair, en
» grand gala, ouvrait avec elle les bals
» de la cour.

» Quelle source d'avantages pour moi
» que l'éducation qu'elle donnait à ses
» enfans! car ses filles n'apprenaient
» ni à tricoter, ni à filer, ni à broder.

» — Il n'y a pas plus de raison, disait-
» elle, qu'une demoiselle de condition,
» soit à -elle - même sa couturière ou
» sa marchande de modes, qu'il n'y
» en a qu'un gentilhomme soit son
» propre tailleur ou son propre cha-
» pelier. Que l'un et l'autre se con-
» naissent assez en habillemens pour
» n'être pas trompés par des gens de
» métier; et quoique le ménage soit
» exclusivement dévolu à la femme,
» elle sera toujours en état de lui
» donner ses soins, d'en régler et d'en
» surveiller la dépense, sans savoir ren-
» traire une serviette ou cuire du bou-
» din. Que des mains ignobles et rotu-
» rières exercent les fonctions serviles;
» mais que la culture de l'esprit soit
» l'apanage d'une demoiselle, aussi bien
» que d'un jeune homme de qualité.

   » Non-seulement nos études, mais
» nos amusemens même et nos exer-
» cices différaient de ceux de notre
» sexe. Madame Montgomery mon-

» tait parfaitement à cheval, et nous
» l'accompagnions toujours. Lorsque
» j'avais surpassé tous les autres à la
» chasse, les gentillâtres voyaient avec
» dépit la queue de renard portée en
» triomphe par une simple fille. Mais
» quelle fut la satisfaction de ma pro-
» tectrice, en apprenant que je savais na-
» ger! Elle défendit à tout le monde de
» paraître sur la rivière ; et le lendemain,
» étant venue pour être témoin de mon
» adresse, elle me pria d'instruire ses
» filles dans cet art. Quoique nos pré-
» jugés européens nous forçassent à
» n'en point faire parade, votre sœur
» Agalva avait rectifié son jugement
» sur ce point, en lui apprenant que
» la natation était un divertissement à
» la mode à la cour de Calicut.

　» Madame Montgomery passait les
» hivers à Londres, où notre temps
» n'était pas moins utilement employé.
» Une jupe en Europe est la livrée de
» l'esclavage, et notre satisfaction, en

» nous en débarrassant, égalait celle
» des galériens qui ont brisé leurs fers.
» Elle avait commandé pour nous quel-
» ques habits d'homme; et sous ce tra-
» vestissement, elle nous menait dans
» les tribunaux, où elle nous faisait
» remarquer les avantages ou les er-
» reurs de la jurisprudence anglaise.
» Elle était philanthrope non moins que
» philosophe; mais elle avait une âme
» ferme et inébranlable. — Il faut tout
» voir, disait-elle, pour n'être étonné
» de rien. Un jour, la justice ayant
» prononcé une sentence de mort, elle
» nous força d'assister à l'exécution du
» criminel, et ensuite à la dissection de
» son cadavre, dans la salle d'anatomie.
» Une Européenne ordinaire aurait
» obligé sa fille de détourner les yeux
» à la vue d'un corps nu. Marguerite
» Montgomery disait, au contraire:
» Pourquoi l'homme attache-t-il de la
» honte à voir ce que le bon Dieu n'a
» pas eu honte de faire ?

» Cette femme illustre était, comme
» vous voyez, le vrai contraste de ma
» tante ; ses opinions avaient toujours
» été les miennes ; mais aucun individu
» de mon sexe ne les partageait avec
» moi. Rien n'avait pu me faire chan-
» ger de conduite ; mais tout le monde
» s'était réuni pour la désapprouver.
» J'avais d'abord agi par hasard, s'il y
» en a un : après avoir lu les droits de
» la femme, j'agissais par principes ;
» mais c'étaient les exemples de ma-
» dame Montgomery qui me portaient
» à m'en glorifier ; et quand je vis bril-
» ler en elle toutes les perfections dont
» jusqu'alors je n'avais pu me former
» qu'une idée vague, quand elle se
» montra à mes yeux une nouvelle As-
» pasie, une autre Ninon de l'Enclos,
» je ne fus pas maîtresse de mon admi-
» ration.

» Je ne mérite pas ces louanges, me
» disait-elle ; elles ne conviennent qu'à
» Agalva ; sans elle je serais encore une

» de ces femmes faibles qui vous pa-
» raissent si méprisables. Ce que je suis,
» c'est à elle que je le dois ; elle ne m'a
» pas seulement soustrait à une mort
» ignominieuse , mais elle a dégagé mon
» esprit des vaines terreurs du préjugé
» et de la superstition.

» Ensuite , madame Montgomery me
» fit la description de ce pays-ci. Je le
» regardai d'abord comme une espèce
» d'Utopie , une région qui n'existait
» que dans l'imagination de quelques
» poëtes ; mais quand je fus convaincue
» de son existence réelle , je me joignis
» à ses enfans pour la prier de nous
» raconter quelqu'anecdote de votre
» illustre sœur , et de nous instruire des
» usages de cet empire.

» Jugez de notre affliction , en ap-
» prenant la perte d'Agalva , et des ef-
» forts de madame Montgomery à s'ac-
» quitter envers Firnos de tout ce
» qu'elle devait à son infortunée mère.
» J'étais si prévenue en faveur du Ma-

III.   F

» labar, que je me serais passionnée
» pour votre neveu, quand même il
» aurait été moins aimable. Mon pen-
» chant et ma curiosité étaient parve-
» nus à leur dernier degré. Il m'offrit
» une retraite dans son pays mater-
» nel; je résolus d'aller y attendre ma
» majorité. Le cœur brisé de douleur,
» je me suis arrachée des bras de ma
» généreuse protectrice pour venir
» chercher un asyle que sans doute
» votre majesté daignera ne me pas re-
» fuser ».

Camilla finit ainsi son histoire. Le
fils de Rofa la remercia de sa confiance,
et l'assura de toute son amitié; mais
désolé de ne pas trouver dans une
femme de si belle espérance une nièce
qui pût continuer le nom et la gloire
de sa dynastie, il retomba dans la mélancolie que lui causait la perte d'A-
galva.

LIVRE VIII.

ARGUMENT.

Drame composé par le baron de Naldor, repré-
senté sur le théâtre impérial. Fitz-Allan mal-
traité par les fruitières de Calicut. Histoire de
Fitz-Allan. Mariage d'une fille d'honneur. Naissance de Fitz-Allan. Ses liaisons avec madame
Warren. Son mariage. Fin malheureuse de sa
femme et de ses enfans. Sa fuite d'Angleterre.
Son arrivée à Calicut. Fête de famille dans le
Malabar.

CEPENDANT le prince héréditaire et la
fille d'Anora continuaient leur route.
Rien ne peut égaler l'impatience d'une
mère affligée : quoique quatre chevaux
des plus vigoureux parussent voler avec
une voiture légère , elle s'irritait de
leur lenteur ; elle prodiguait aux postillons les prières et les promesses pour
accélérer leur marche , et était insensible aux consolations de Firnos. La

douleur maternelle de la baronne rou-
vrit même les plaies du jeune prince,
et lui rappela la perte de sa propre
mère. Un rayon de joie, à l'idée de
revoir bientôt sa bien-aimée Milita,
pouvait à peine dissiper les nuages qui
troublaient la sérénité de son esprit.
Enfin ils arrivèrent à Calicut.

Firnos mit pied à terre à l'entrée de
la ville, pour se rendre chez Milita.
Quelles palpitations son cœur éprouva
en arrivant! Il trouva la porte ouverte,
point de domestiques dans le vestibule
pour l'annoncer; il monte l'escalier avec
les ailes de l'Amour. Déjà il se croyait
dans ses bras, déjà il sentait sur ses lèvres tous les feux du baiser; mais son
imagination lui faisait illusion. En s'ap-
prochant de son appartement, il s'aperçut qu'elle n'était pas seule.

Dans les siècles de la chevalerie, un
de ses oncles, en se rendant chez la
dame de ses pensées, aurait laissé l'é-
cusson de ses armes à l'entrée de son

hôtel, pour avertir ses rivaux de sus-
pendre leur visite jusqu'à son départ;
mais quand on cessa de se servir de
harnais, l'usage s'introduisit que l'amant
favorisé attachât son chapeau à la porte
de sa belle, et jamais les sandales d'un
capucin ne furent plus respectées des
maris, en Italie ou en Portugal. Le
prince obéit à ce signal, et se retira.

Trompé dans son espoir, il descendit
avec moins d'empressement qu'il n'é-
tait monté, mais sans ressentiment; (car
quel Nair voudrait contrarier les volontés de sa bien-aimée, ou serait assez
égoïste pour exiger qu'elle fût constante
pendant son absence?) et ayant rencontré un domestique, il demanda po-
liment des nouvelles de sa maîtresse, et
se fit écrire.

Dans l'intention d'aller loger chez sa
compagne de voyage, il passa près de
la comédie; et quoiqu'il dût s'écouler
quelques heures encore avant l'ouverture du spectacle, toutes les avenues

étaient déjà remplies de monde. Naldor,
qui avait toujours beaucoup de goût
pour le genre dramatique, s'était amusé,
pendant sa dernière navigation, à com-
poser une pièce où il peignait les usages
de l'Europe. A son arrivée à Calicut, il
l'avait envoyée au directeur, et tous les
comédiens avaient dû travailler nuit et
jour à satisfaire la curiosité du public.

Le prince fut surpris de trouver
Farna qu'il avait laissée en pleurs, à sa
toilette, où elle se disposait à une partie
de plaisir : Farna avait essuyé ses larmes,
et s'efforçait d'étouffer sa douleur. Son
fils n'était plus, et le désespoir n'aurait pu le rappeler à la vie. Si elle eût
été une papiste ou une mahométane
crédule, la meilleure des mères aurait
entrepris le pélerinage de Lorette ou de
la Mecque. Le plus faible rayon d'espérance l'y eût conduite à pieds nus; elle
aurait multiplié les rosaires et les amulettes; jeûné plus rigoureusement qu'un
musulman, usé plus de chapelets qu'une

carmélite, et distribué ses biens à des
dervis fainéans ou à d'ignorans fran-
ciscains : mais son fils avait cessé de vivre,
et en mourant, il n'avait laissé aucun
espoir à sa mère. Elle était Nairesse, et
conséquemment trop sage pour se livrer
inutilement à une douleur réfléchie. Son
cœur ne lui reprochait la négligence
d'aucun de ses devoirs envers lui, pendant qu'il avait vécu. Il n'était plus, et
elle était à sa toilette, comme un beau
jour d'avril : une larme brillait sur sa
paupière, tandis qu'elle s'efforçait de
sourire; un soupir interrompait quelque
vaudeville des plus gais; et quand l'i-
mage de son fils se retraçait à son esprit, elle volait dans les bras du prince,
pour lui donner un successeur.

L'heure de la comédie approchait.
Au moment où il montait en voiture,
pour y accompagner la baronne, on
lui remit un billet de sa première
amante.

« La fille de Lora ne peut plus recon-

4

» naître les droits d'un amant au fils d'A-
» galva, quoiqu'elle souhaite ardem-
» ment la continuation de son amitié.
» Son inconstance vient de son amour
» sans bornes pour lui. Elle lui expli-
» quera cette énigme, dans une visite
» qu'elle lui fera demain; mais son al-
» tesse ne manquera sûrement pas de
» venir ce soir au spectacle, et alors,
» la rencontre de son ami comblera de
» joie,

» MILITA LORINA, comtesse
» de Séningal ».

Firnos aperçut la comtesse dans une
loge, vis-à-vis celle de la baronne; mais
la foule était si grande, qu'il ne fut pas
possible de pénétrer jusqu'à elle. La
salle n'avait jamais été si remplie, plusieurs voitures s'étaient brisées à la
porte. Enfin, on leva la toile.

Le drame avait pour titre *le Père Européen;* et le prologue ayant donné l'ex-
plication de ce mot qui ne se trouve

point dans la langue des Nairs, sollicita
l'indulgence pour une pièce qui violait
toutes les règles de l'art, et dont tout
le mérite consistait dans un tableau fidèle des mœurs européennes. Un père,
une mère et six enfans, remplissaient
les premiers rôles, et toute cette famille
finissait malheureusement. La fille aînée
a un amant contre la volonté de son
père, qui la force à prendre le voile,
après avoir immolé le fruit de ses amours.
Cette infortunée est enterrée toute vive,
pour avoir violé son vœu de chasteté.
Le fils aîné périt dans un duel contre
le séducteur de sa sœur. Le second est
déshérité, pour avoir épousé une femme
sans fortune, et enfermé pour les dettes
de cette perfide qui prend la fuite avec
un amant, et laisse languir en prison
son mari qui, en cherchant à s'échapper, se casse le cou. Le troisième, pour
plaire à son père, épouse une riche héritière, et meurt empoisonné par sa
chère moitié. Des deux filles qui restent,

5

l'une est forcée d'épouser une espèce de
barbe-bleue, qui l'égorge dans un accès
de jalousie; et l'autre est poignardée
par son père même, pour la soustraire
aux poursuites amoureuses de son souverain. Ce père dénaturé périt enfin sur
un échafaud pour ce meurtre; et la
mère qui n'a jamais manqué de prévoir
tous les malheurs dont elle a vainement
voulu préserver ses enfans, meurt dans
un hôpital de fous, après avoir déclaré
au milieu d'un de ses accès de démence,
que son mari, l'auteur de tant de ca-
tastrophes, n'est pas leur père, ayant
été trompé par sa femme, comme le
sont tant d'autres Européens.

Pour obtenir le suffrage des galeries,
on présente un domestique, les fers aux
pieds et aux mains, parce qu'il a fait un
enfant à une femme-de-chambre; et sa
belle complice, enfermée dans une cage
de fer, doit expier son crime dans l'é-
tang de la paroisse.

Firnos alla faire avancer la voiture

de la baronne. La place de la comédie, couverte de monde, retentissait des cris *à l'étang, à l'étang! qu'on le plonge dans l'eau!*—Le prince écarta la foule, et aperçut un groupe de fruitières qui traînaient une misérable créature à l'étang. Il crut d'abord que c'était quelque filou; mais, à la lueur d'un réverbère, il reconnut que c'était un Européen, et demanda quel était son crime. — Son crime! répondirent-elles; il est Européen, c'en est bien assez; un de ces tyrans qui voudraient nous enterrer toutes vives, égorger nos amans, et nous interdire l'amour; enfin, c'est un chrétien; allons, à l'étang!

Firnos entreprit de les arrêter par le raisonnement; il leur représenta qu'un Européen même devait être un objet de pitié, plutôt que d'horreur; qu'un chrétien pouvait être généreux, que son amour pour la justice, et son zèle pour les droits du sexe l'avaient peut-être déterminé à quitter la société

des femmes esclaves et de leurs oppres-
seurs, pour se livrer à l'amour jouissant
de toute sa liberté à Calicut.

L'étranger, à son tour, les assura
qu'il était un véritable partisan de leurs
principes ; il déclama quelques vers
d'une chanson nationale composée pendant leurs guerres contre les mahométans. Tout à coup les esprits changèrent
en sa faveur , et on l'éleva jusqu'aux
cieux. Il était le maître de choisir, parmi
toutes ces beautés, la plus jolie ; mais
il avait déjà formé un engagement. Elles
voulaient le porter en triomphe, lors
qu'enfin, Firnos les décida à se retirer, et
elles obéirent, en célébrant, sur leur air
favori, les droits de la femme.

L'Européen, après quelques complimens réciproques, apprit au prince
qu'il était descendu pour appeler les
domestiques d'une dame de qualité
qu'il avait accompagnée au spectacle,
lorsque ces femmes, que le drame
avait mises en fureur, se saisirent de

lui pour l'immoler à la vindicte publique. Firnos l'ayant ramené à la loge
où il avait laissé la dame, tressaillit et
sourit en reconnaissant Milita elle-
même. — Mon cher Firnos, lui dit-elle,
voilà le mot de mon énigme. Instruite
de l'arrivée d'un Anglais à Calicut, je
lui rendis visite, dans l'espoir d'avoir
de vos nouvelles. — Et il a eu le bonheur de vous plaire, interrompit le
prince, au point que vous n'avez plus
pensé à moi ? — Cependant nous reste-
rons les meilleurs amis du monde,
n'est-ce pas ? ajouta-t-elle, en lui prenant la main ; et se tournant vers l'é-
tranger : C'est le prince Firnos, dont
je vous ai tant parlé.

Vous n'avez pas besoin de me dire
son nom, s'écria Firnos : comment
Fitz-Allan a-t-il pu oublier la famille
de Roverbella ? — Le marquis de Roverbella ! répéta l'Anglais tout étonné ;
le marquis dans ces lieux ! sous ce costume ! Grand Dieu ! c'est lui-même.

Oui, c'était Fitz-Allan, l'ancien
amant d'Agalva, le même qui avait si
froidement accueilli Firnos, et avait si
subitement disparu de l'Angleterre
pour lui enlever sa bien-aimée à Calicut; et quoiqu'il eût passé le méridien
de la vie, un amant absent ne pouvait
avoir de rival plus dangereux que Fitz-
Allan, le disciple de Chesterfield; sa
conquête avait été, cependant, moins
rapide que celle de l'aimable César, et
sa vanité n'aurait pu dire : Je suis venu,
j'ai vu, j'ai vaincu.

Milita n'avait, à la vérité, jamais eu
l'idée de la constance. Pendant la première année, elle avait pleuré l'éloignement de son condisciple chéri ;
mais en cela, elle n'avait fait qu'obéir
à l'impulsion de son cœur, sans l'ériger
en devoir. Elle n'avait paru dans aucune assemblée brillante, s'était refusée
à toutes les invitations, et avait dédai-
gné toute sollicitation à l'amour. Fitz-
Allan ayant débarqué à Calicut, elle

avait volé à sa rencontre pour lui demander des nouvelles de Firnos ; elle
l'avait vu tous les jours, pour s'entre-
tenir avec lui des voyages du prince,
pendant des heures entières. Mais Fitz-
Allan était trop aimable pour jouer un
rôle subalterne. A chaque visite, ses
consolations avaient pris une expression
plus tendre ; insensiblement la sympathie les avait unis. Les pensées de Milita n'avaient eu d'abord d'autre objet
que Firnos ; mais bientôt il avait fallu
quelqu'incident particulier pour le rappeler à son souvenir.

Farna, impatiente de ce que le prince
ne reparaissait point , l'aperçut enfin
dans la loge de Milita , qui les ramena
tous les trois, Firnos, Farna et Fitz-
Allan , souper chez elle.

Ceux qui ont été admis aux petits
soupers des Aspasies de Paris ou de
Vienne, peuvent seuls avoir l'idée du
bon ton et de la gaîté qui régna dans
ce petit comité. Firnos se retrouvait

dans le pays de la liberté ; Fitz-Allan
ne regrettait plus sa société de Nancy,
et les dames s'amusaient sans se souvenir qu'il existât quelque pays différent
de celui qui les avait vu naître.

Aucun oisif ne vint les importuner
de son inutile présence ; personne ne
proposa de cartes, cette invention de
l'ennui. Le souper fut servi dans un
salon parfaitement éclairé. Que les convives étaient heureusement placés! Chaque cavalier à côté de sa dame, dont
l'éclat de mille bougies faisait ressor-
tir tous les charmes. La conversation
était vive et pleine d'aimables saillies,
qui intéressaient sans être aiguisées par
la médisance, car la médisance est ban-
nie d'un pays où, comme dans le Malabar, règne la liberté personnelle.

Combien je suis charmée de votre
retour, mon prince ! dit Milita ; je
brûle d'impatience d'entendre de votre
bouche le portrait des compatriotes
originaux de Fitz-Allan ; je suis tou-

jours persuadée qu'il s'est moqué de
notre crédulité, quoique je ne voulusse
pas le plonger dans nos étangs (car je
ne crois pas que leurs eaux ayent l'effi-
cacité de celles du Léthé), pour lui faire
perdre toutes ses idées absurdes sur
notre sexe, l'amour et le mariage.

Ils seraient heureux, repartit Firnos, si ces idées n'étaient qu'absurdes
sans être tyranniques et pernicieuses ;
mais renvoyons ce sujet à d'autres circonstances. Si la manière dont ils trai-
tent leurs femmes était connue à Calicut, nos bonnes se serviraient du nom
d'Anglais au lieu de celui d'eunuque
noir ou de géant sanguinaire, ou même
de barbe-bleue, pour effrayer les enfans indociles ou pleureurs ; mais féli-
citons plutôt Fitz-Allan de son arrivée
parmi nous.

A ces mots, l'étonnement, l'amitié,
la satisfaction et la curiosité s'exprimè-
rent par mille nouveaux témoignages.
Quel motif avait obligé Fitz-Allan de

partir si brusquement de l'Angleterre ;
et quelle chaîne d'événemens l'avait ame-
né à Calicut ; le pays natal d'Agalva,
qu'il avait toujours prise pour une Italienne ? A ce jeu, ce n'était pas le simple hasard, mais quelque divinité qui
avait combiné les cartes.

Cette petite société passa dans le
boudoir de la comtesse, où, assis sur
le divan de satin noir qui ornait circu-
lairement ce sanctuaire de la volupté,
on réitéra ses prières à Fitz-Allan pour
qu'il racontât son histoire. Il obéit en
ces termes :

« Roger Fitz-Allan était d'une des
plus anciennes maisons de sa province.
Il avait hérité de la passion de ses ancêtres pour la chasse, et de leur haine invétérée contre la cour. Ses pensées se re-
portaient avec plaisir sur les siècles où
chaque seigneur était un petit souverain dans ses domaines. Les murs de
son château étaient ornés d'écussons
et de bois de cerf, et il était en état

de prouver sa généalogie avec la même facilité que celle de son cheval de chasse.

» A Dieu ne plaise, s'écria Firnos, que cela arrive jamais ! mais si vos femmes étaient mises sous la clef, comme vos jumens, alors votre naissance, en Europe, serait aussi incontestable que celle de vos chevaux de race.

» L'écuyer, continua Fitz-Allan, avait atteint sa quarantième année, et ne se mariait pas. A cette époque, la cour, par quelque démarche violente, provoqua un mécontentement général. On protesta de toutes parts, et notre canton le députa pour présenter une remontrance des plus vigoureuses. Il se rendit à Londres. Ses amis eurent peine à le décider de prendre un costume conforme à l'étiquette de la cour. Ses cheveux étaient trop courts pour qu'on pût les mettre en bourse ; mais il eut été impossible de le déterminer à quitter, pour une épée plus à la mode, celle dont Olivier Cromwel avait fait pré-

sent à son aïeul, sur le champ de ba-
taille, à Worcester.

» Depuis long-temps Saint-James
n'avait vu une figure aussi bizarre. On
persiflait, on se parlait à l'oreille. En
marchant, la garde de son épée ayant
emporté la manchette de dentelle d'une
fille d'honneur, tout le cercle rit aux
éclats; et lorsqu'il balbutia une excuse
très-gauche à cette demoiselle, elle
seule eut la politesse de garder son
sérieux. Elle entra en conversation
avec lui; elle parut prendre du goût
à ses lourds jeux de mots, et répondait à son rire grossier par le plus gracieux sourire.

» Cette condescendance opéra dans
l'écuyer un changement total. Le rude
chasseur disparut pour faire place à l'aimable courtisan. La première fois qu'il
retourna au lever, il ne se reconnut
plus, en se voyant dans les glaces.
L'épée de Cromwel fut disgraciée. Il
était adonisé, galonné, frisé, poudré,

et on était même parvenu à lui attacher
une bourse.

» Lady Louisa lui fit son compliment
sur cette métamorphose, et le félicita
d'être devenu courtisan.—Dieu m'en
garde ! répondit-il ; aucun Fitz-Allan
n'a fait sa cour depuis trois cents ans.
—Je dois vous avouer, ajouta-t-elle,
que je n'aime pas la vie qu'on mène ici,
et un de mes ancêtres qui fut, il y a
quelques siècles, forcé d'émigrer d'Italie, pour avoir donné un soufflet au
pape, était sans doute loin d'imaginer
qu'une de ses petites-filles dût voir son
existence bornée à porter la queue de
quelque reine que ce pût être.

» A ces mots, l'écuyer ne put se
contenir davantage. Ce soufflet donné
au saint-père séduisit son cœur. Quel
titre de gloire pour la postérité d'un
Wigh ! et combien de mariages l'Europe n'a-t-elle pas vu conclure par des
considérations non moins absurdes ! Les
premières ouvertures furent-elles faites

par monsieur ou bien par madame,
c'est ce qu'il importe fort peu de savoir ;
mais la surprise fut générale dans le
canton, lorsque l'on vit l'honnête écuyer
y amener une fille d'honneur, et l'étonnement que le choix de la demoiselle fit
naître à la cour ne cessa que six mois
après, lorsqu'elle donna un héritier à
son mari, et que mon nom fut inscrit
sur l'arbre généalogique des Fitz-Allan.

» Lady Louisa avait été jusqu'alors
la femme du monde la plus complai-
sante. Elle n'avait paru avoir d'autres
goûts ni former d'autres désirs que ceux
de son mari. Elle ne pouvait concevoir
qu'on pût exister dans l'atmosphère
épais de la capitale. Elle avait pris soin
de ses chiens malades ; elle chantait
des chansons bachiques, et connaissait
tous les cris de chasse ; mais bientôt elle
ne craignit plus de se montrer telle
qu'elle était : elle quitta les manières
rudes et agrestes de la campagne, et
reprit toute l'élégance de la cour. Elle

eut toujours pour son mari la plus
grande politesse ; mais quel respect
pouvait lui inspirer sa bonté brusque
et sauvage ! quelle ressource pour elle
dans la société grossière de chasseurs au
renard qui buvaient son vin, et faisaient,
de sa table, un théâtre de débauches !
Elle tomba dans la mélancolie ; et souvent, lorsqu'elle s'était réfugiée dans
les bras du sommeil, ses songes, qui
lui présentaient quelqu'aimable cavalier soupirant à ses genoux, furent dis-
sipés par les dégoûtantes caresses de
son ivrogne de mari, qui venait en
chancelant prendre place dans son lit.

» La solitude et la société lui étaient
également insupportables. La solitude
est pour l'âme un miroir qui réfléchit
le bonheur, quand on est heureux ;
mais qui reproduit les maux sous leurs
vraies couleurs, lorsque l'on est malheureux. Elle voulut aller passer les
hivers à Londres. Son mari s'empressa
d'y consentir, et déclara à ses compa-

gnons de table, qu'elle n'était qu'une femmelette ennuyeuse qui faisait très-bien de les débarrasser de sa présence.

» Dès ce moment ils vécurent d'une manière dont je proposerais volontiers l'imitation à tous ceux qui, malgré leur indifférence réciproque, ont le malheur d'être unis : l'un suivait ses goûts particuliers, sans s'occuper de l'autre : il habitait la campagne toute l'année ; elle passait tous les hivers à Londres, chez le comte son père.

» L'hôtel de ce seigneur qui avait été ambassadeur dans plusieurs cours de l'Europe, rassemblait habituellement tout ce qu'il y avait de galant et d'aimable dans la capitale, et était ouvert à tous les étrangers de marque, parmi lesquels les plus brillantes qualités distinguaient le chevalier de Brissac. La nature et l'art s'étaient réunis pour faire de sa personne le chef-d'œuvre des grâces, et la cour de Versailles avait donné

à ses manières le dernier degré de politesse et d'agrément.

» En Europe, un fils ferait à sa mère
un tort impardonnable, s'il osait insi-
nuer qu'on l'avait vu préférer une société étrangère à celle de son mari légi-
time : mais à Calicut, mes amis, continua Fitz-Allan, en s'inclinant vers
les amans, et en pressant la main de
la comtesse, ne blâmeront point ma
mère d'avoir donné cette preuve de la
délicatesse de son goût. En un mot, elle
fit les mêmes efforts pour rendre agréable au chevalier le séjour de Londres,
que vous avez faits, ma chère Milita,
pour me faire chérir celui de Calicut,
et il montra aussi peu d'empressement
à retourner à Paris, que j'en ai moi-
même de revoir l'Angleterre.

» Mais l'hiver s'étant écoulé, et l'été
la rappelant de la capitale où elle avait
vécu, pour aller végéter au fond d'une
triste campagne, quelle fut sa douleur,
en s'arrachant des bras de son amant !

III.   G

Vous, mesdames de Calicut, il vous
serait impossible de concevoir l'amertume de ses regrets. Quand vous vous
éloignez des objets qui captivent votre
cœur, c'est en cédant à la voix de l'honneur qui les appelle au champ de la gloire,
et vous vous montrez alors en héroïnes,
et non pas en esclaves qui courbent
humblement la tête sous le despotisme
d'un mari.

» Le moment de leur séparation approchait sans qu'ils se fissent aucune
protestation de constance ; car l'un ne
doutait pas des sentimens de l'autre.
Leur bouche était muette, mais leurs
cœurs s'entendaient parfaitement. Le
chevalier lui pressa la main, en l'aidant
à monter en voiture ; elle baissa les ja-
lousies et fondit en larmes.

Figurez-vous une femme passionnée
pour l'éclat et la pompe de la cour,
obligée d'immoler tous ses goûts et de
rompre toutes ses liaisons, pour aller
s'ensevelir, pendant six mois, dans une

province. Je ne discuterai pas quel est
le genre de vie le plus raisonnable, ou
celui de la ville, ou celui de la campagne;
mais on est infiniment à plaindre, lorsque l'on n'ose choisir celui qui plaît davantage. D'ailleurs, l'agréable société
d'un ami est essentielle à la campagne ;
et combien l'honnête écuyer était peu
propre à dédommager ma mère de l'absence du chevalier !

» Trois étés s'étaient écoulés ainsi,
dans de mortels ennuis : elle n'avait
personne pour l'en consoler; et quand
même une âme sensible et délicate aurait été le partage de quelqu'un des
compagnons de son mari, quelle femme, en Angleterre, eût été assez en-
nemie d'elle-même, pour lui confier jamais un pareil secret ? ses yeux étaient
toujours ouverts aux larmes. J'étais sa
constante et son unique société, quoique je n'eusse que quatre ans ; elle ne
me perdait pas un instant de vue ; elle
se faisait un plaisir de satisfaire ma cu-

riosité enfantine. Un jour lui ayant de-
mandé s'il était vrai qu'un loir dor-
mît la moitié de l'année , elle se mit
à pleurer amèrement : sa douleur me
frappa vivement. Alors , et dans un
recueil de lettres qui m'est tombé depuis peu entre les mains , et qui m'a
instruit de plusieurs incidens de la vie
de cette femme incomparable , elle parle
de mes progrès avec la tendresse d'une
mère. Je l'encourage , écrivait-elle , à
me faire des questions ; il n'y a qu'une
garde-enfant ignorante et incapable
d'y répondre , qui puisse blâmer cette
curiosité. Elle cite ma dernière question. Ah! chevalier , ajoute-t-elle , pourquoi ne puis-je aussi passer la moitié
de ma vie dans l'insensibilité , moi arrachée de vos bras et condamnée à la
plus désolante séparation ?

» Le chevalier lui répondit par un
sonnet des plus élégans , dans lequel il
la compare à Cérès qui disparaît la moitié de l'année , pour redevenir, pendant

l'autre, les délices du genre humain.

» Mais, dans le cours du quatrième été, elle eut la satisfaction de surprendre son mari dans une position non équivoque avec une femme-de-chambre. Au lieu de l'humilier, de le bouder, ou de chasser sa complice, elle proposa au bonhomme des conditions que tous les deux ils ont fidèlement observées. Elle renonçait à tout droit à l'affection de son mari, et lui à toute autorité sur la personne de sa femme. Le chevalier, instruit de cette heureuse révolution, arriva sur les ailes de l'Amour. L'écuyer était trop bon Anglais pour ne pas mépriser un papiste et un étranger ; mais le chevalier, passionné pour la chasse, ayant eu, seul, un jour, la hardiesse de franchir comme lui, à cheval, les barrières les plus dangereuses, il obtint par-là l'estime de son hôte qui jura que c'était bien dommage qu'il fût Français.

» L'apparition du chevalier fut, pour ma mère, le retour du soleil qui, au

milieu d'un jour nébuleux et sombre
où tout paraît monotone et attriste la
vue, fait éclore, à chaque pas, de nouvelles beautés. Quand elle s'appuyait
sur le bras de son ami, combien le bosquet était délicieux ! comme le gazon
invitait au repos ! quelle mélodie dans
le gazouillement des oiseaux ! quel charme dans le doux murmure des fontaines ! quel spectacle magnifique que celui de l'océan dans le lointain ! Elle prit
du goût pour la campagne ; elle en eût
pris pour les déserts de l'Arabie dans
une société aussi délicieuse. Au déclin
du jour, elle eût voulu qu'il recom-
mençât, et le séjour de Londres lui
était devenu presqu'indifférent.

» Cependant elle ne négligeait pas l'éducation de ses enfans ; car chaque année
vit naître un petit Fitz-Allan. Elle réunit tous ses efforts pour me donner les
manières élégantes d'un courtisan, ainsi
que les sentimens élevés d'un gentilhomme. L'écuyer m'ayant un jour per-

mis de parcourir l'almanach des chevaux de race, elle me l'ôta et y substitua
les lettres de Chesterfield. Son mari
n'en fut pas plutôt instruit qu'il vint
à l'appartement de ses enfans, où on
ne l'avait point vu depuis plusieurs
années, en vomissant contre elle les
plus grossières injures, et la donnant
à tous les diables, comme une chienne
de française, et de là il alla rendre visite à sa meute et lui prodiguer ses soins
ordinaires.

» Mais ces orages, quoique violens, ne
duraient pas et ne laissaient pas de traces
après eux; d'ailleurs elle trouvait toujours un asyle dans les bras du chevalier.

» Vous êtes peut-être étonnés qu'il
n'eût pas pris le parti de l'épouser.
Hélas! il était déjà marié. Il avait été
immolé à l'ambition de son oncle, évê-
que français. La maîtresse de son roi
voulait couvrir d'un voile honorable la
naissance de ses enfans. Il fallait en

4

conséquence que quelque gentilhomme
lui donnât son nom, en s'engageant à
se tenir éloigné de Versailles, de la distance que peut mesurer le vol d'une
corneille. Le prélat proposa donc son
neveu, qui fit de vaines protestations;
on ne daigna pas même y faire attention. La fortune du chevalier dépendait
absolument de la générosité de son
oncle, qui fut inflexible, et ne lui laissa
que l'alternative, ou de la Bastille, ou
d'une modique pension de la cour. Le
neveu devint mari et ambassadeur en
Angleterre, et l'oncle cardinal et premier ministre en France.

» Cette ambassade n'était qu'un exil
honorable; mais combien le chevalier
se félicitait d'avoir trouvé réunies dans
ma mère, dans une Anglaise, toute
l'élégance, les grâces, les agrémens et
l'amabilité qui sont l'apanage des Fran-
çaises, et les distinguent de toutes les
femmes de l'Europe! Il dansa pour la
première fois avec elle à la cour, un

jour de gala. Jamais menuet ne fit une
si vive sensation. Le roi quitta son jeu
pour les voir, et le comte, mon grand-
père, qui avait connu le cardinal à
Paris, et qui était charmé des talens
brillans de son neveu, lui fit les plus
pressantes invitations de fréquenter son
hôtel.

» Telle avait été l'origine de leur
liaison. Leur penchant devint bientôt
mutuel; et si jamais deux personnes
furent faites l'une pour l'autre, c'était
ma mère et l'aimable chevalier. Cet
amour fut le premier et l'unique amour
de ma mère, et il fit toute sa conso-
lation jusqu'au dernier moment de sa vie.

» Lorsque la guerre éclata entre les
deux nations, le chevalier resta à Londres en simple particulier; car tandis
que son souverain lui faisait l'honneur
de perpétuer son nom en France, il lui
accorda gracieusement la permission de
remplir, en Angleterre, le même office
en faveur de Fitz-Allan.

5

» Quel trésor pour un enfant qu'une mère aussi distinguée que la mienne par les plus rares qualités! et le hasard ne me favorisa pas moins que la nature. Le premier objet de mes adorations n'était pas une femme moins intéressante. On m'avait placé au collége d'Eton. Un jour que je battais le pavé sous les fenêtres de cette maison, une dame de qualité dirigea vers moi son phaéton. Je n'oublierai jamais son attitude pleine de grâces, son air décidé, ni son adresse à conduire ses chevaux fougueux. Je crois la voir encore; elle fit naître ma première passion, et c'est peut-être la seule femme que j'aye jamais vraiment aimée ».

MILITA.

Joli compliment, en vérité, pour toutes ses rivales, et surtout pour moi!

FIRNOS.

Et pour ma malheureuse mère, votre marquise adorée.

FITZ-ALLAN.

Ma chère comtesse, votre altesse impériale.......

MILITA.

Non, non, point d'excuses, reprenez votre histoire.

FITZ-ALLAN.

« En passant près de moi, son fouet s'embarrassa dans les roues et lui échappa : je m'empressai de le ramasser ; et le lui ayant présenté, elle le reçut avec le plus gracieux sourire, et continua sa route.

» Quelques jours après, je me promenais dans le parc du roi ; elle passa encore dans la même voiture, et me fournit une nouvelle occasion d'exercer ma galanterie ; car cette fois son mouchoir étant tombé dans la poussière, elle me remercia et voulut savoir le nom d'un si honnête cavalier.—Cela est heureux, dit-elle, je dois passer par

6

Eton, permettez donc que je vous re-
mette chez vous. Elle m'apprit alors que
sa bisaïeule et la mienne étaient cousines,
et m'invita, comme son parent, d'aller
la voir le dimanche suivant. Elle arrêta
à la porte de ma pension ; je descendis
comme d'un char de triomphe, en bé-
gayant quelques complimens fort mal
tournés, et de l'air du monde le plus
embarrassé : j'étais d'une gaucherie
telle que, lorsqu'elle me salua, j'oubliai même de lui ôter mon chapeau.

» Les sensations qui m'agitèrent jusqu'au dimanche ne peuvent se rendre :
désir, inquiétude, insomnie, frémis-
sement intérieur, alternatives de froid
et de chaud, tels sont les symptômes
d'un premier amour. Quoique nous
nous en fussions toujours tenus aux termes de la simple politesse, tout novice que
j'étais dans l'art d'aimer, je me flattai
d'avoir inspiré quelques sentimens à
madame Warren. La chute de son mouchoir n'avait pu être l'effet du hasard.

J'allai m'enfoncer dans un bois voisin pour réfléchir à ses avances et rêver à mon bonheur prochain. Je passai une nuit fort agitée, en comptant toutes les heures. A peine goûtai-je un instant de repos; mais toutes mes pensées furent si délicieuses, que je me levai le matin aussi frais que si j'eusse joui du plus profond sommeil.

» Le désir de la revoir augmentait sans cesse; j'étais tout impatience, j'étendais machinalement les bras pour l'embrasser, je mettais à contribution tous les romans pour y trouver des complimens dignes d'un chevalier de la table ronde, et qui, si ma timidité m'eût permis de m'en servir, m'auraient couvert de ridicule dans les cercles du bon ton. Je parcourais le parc, et sans y songer, je me retrouvais toujours où j'avais ramassé son mouchoir. Quelquefois, il est vrai, l'idée du crime m'effrayait, car ma déesse était mariée; mais alors sa figure, son regard, son

sourire, ses traits se retraçaient à mon
imagination; et, ma chère Milita, s'é-
cria le narrateur, en pressant la main
de la comtesse, si le diable a jeté son
dévolut sur mon âme, il ne lui faut
pour la séduire que lui présenter les
appas d'une jolie femme.

» Le jour commençait à peine, que
j'éveillai toute la maison pour m'ado-
niser; et lorsque j'entendis le trépigne-
ment de ses chevaux isabelles, un frisson
parcourut tous mes membres, et je ne
fus jamais plus gauche qu'en montant
dans son phaéton.

» Elle m'accueillit par un tendre ser-
rement de mains. Mon compliment se
perdit dans le bruit des roues, et nous
arrivâmes à sa campagne où , tout
rayonnant du plus doux espoir, je
me trouvai à table tête à tête avec la
divinité de mon cœur, dont sans doute
les sensations n'étaient pas moins vo-
luptueuses que les miennes. C'était une
femme du grand monde, exercée dans

le manége de la galanterie. Des libertins
avaient soupiré à ses genoux, des petits
maîtres avaient folâtré à sa suite; mais
ces liaisons ne s'étaient formées que par
vanité ou par ennui: elle avait été flattée
de la conquête d'un objet qu'elle mé-
prisait, elle avait cédé à des protestations qu'elle ne croyait pas; mais ac-
tuellement elle se voyait adorée, quoique le mot *amour* ne fût pas encore
sorti de ma bouche; ma timidité était
un encens flatteur offert à ses charmes, et
l'embarras qui régnait dans mes paroles
et dans mes regards, un hommage plus
vrai que les complimens les mieux
tournés.

» Je me proposai d'être plus entre-
prenant après le dîner; mais au sortir
de table, j'eus à peine le courage de lui
donner la main pour la conduire au
salon. Nous avions pris le thé, et mes
affaires n'en étaient pas plus avancées.
Elle proposait une promenade au jardin, lorsqu'une voiture se fit entendre

dans la cour, et on annonça des étrangers. J'eus la satisfaction de remarquer le dépit que la dame ressentit de cette importune visite.

» Déjà la lune paraissait sur l'horizon, lorsque la société se retira. Nous ne serons pas privés de la promenade projetée, dit madame Warren en me donnant le bras, que j'acceptai en tremblant. Arrivés à une treille, sans avoir ni l'un ni l'autre rompu le silence, elle me demanda si j'aimais les rossignols : je lui demandai à mon tour s'il y en avait dans le voisinage. — Comment ! dit-elle, à quoi pensez-vous donc ? vous êtes singulièrement distrait, je vous croyais occupé à les écouter, et je ne voulais pas vous interrompre ; mais recevez mes excuses de vous avoir retenu ici. Quelque belle demoiselle fixe sans doute votre attention et l'attire dans d'autres lieux.

» Un jeune Français eût répondu en lui baisant les mains, ou par quelque joli compliment; moi, qui n'étais qu'un Anglais, je l'assurai qu'elle se trompait. — Vraiment, reprit-elle, je ne voudrais faire ni à mon sexe, ni à votre cœur l'injure de vous croire insensible; je prétends pénétrer les caractères, et je serais fâchée de ne point saisir le vôtre; je pense donc que votre modestie fait tort à votre mérite, et que vous avez captivé l'objet de votre amour, sans avoir le courage de lui déclarer vos sentimens, et voilà ce qu'on appelle de la mauvaise honte.

» Ce langage était bien me jeter le gant, mais cet encouragement n'était pas encore assez fort. Elle craignit que toutes ses avances ne fussent inutiles. Ma timidité mettait un obstacle invincible au succès de nos vœux mutuels. Enfin son imagination lui suggéra cet expédient. — Jouons, me dit-elle, jouons la comédie; vous ferez le rôle d'un amant passionné, et moi, je serai l'objet de vos désirs. Allons, chevalier, en action.

» Je me jetai à ses pieds. — A merveille, s'écria-t-elle, voilà la vraie galanterie de l'ancienne chevalerie ; mais comme nous sommes dans le dix-huitième siècle, vous pouvez débuter par me baiser la main. — Je lui obéis, ce qui m'enhardit au point que je m'en serais permis davantage, si mon institutrice ne se fût levée. — C'est très-bien, dit-elle, pour un commençant, et je dois récompenser votre docilité. A ces mots, elle me baisa sur la bouche. Mes lèvres touchaient pour la première fois celles d'une femme. Ce baiser électrisa tout mon être.

» Elle observa qu'il était tard, nous revînmes à la maison, et je passai cette nuit mille fois plus agités que la précédente. En nous réunissant le lendemain pour le déjeûner : Voyons, dit-elle, si vous n'avez pas oublié votre leçon. — Je lui baisai la main et voulus aller plus loin ; mais elle m'arrêta, en ajoutant : patience ! point de leçons hors de l'école.

» Avec quelle impatience je hâtais de tous mes vœux le retour de la nuit ! Je comptais toutes les heures, je regardais sans cesse à ma montre; et à mesure que le soleil déclinait sur l'horizon, les momens qu'il tardait à s'éclipser me paraissaient des siècles.

» Enfin, n'avez-vous plus envie d'entendre les rossignols, me dit ma dame ? Je lui donnai le bras, et nous nous rendîmes au jardin. — Où en sommes-nous restés ? me dit elle. Je répondis en lui baisant la main. — En ce point, vous avez atteint la perfection ; mais est-ce donc là tout? — Je passai un bras autour de sa taille légère et l'attirai à moi. Je l'embrassai vingt fois, et une larme de plaisir se mêla à chaque baiser. — Ah ! mon cher Fitz-Allan, me disait-elle d'une voix entrecoupée, en appuyant la tête sur mon épaule ! Son mouchoir céda, et je pressai de mes lèvres brûlantes deux globes que les soupirs de l'amour élevaient et abaissaient alter-

nativement. L'heure de ma félicité avait
sonné, et il n'est pas en mon pouvoir,
mesdames, de vous en donner une
idée. Si vous étiez vraiment éprises
lorsque, pour la première fois, vous
goutâtes les délices de la jouissance ;
si votre cœur partagea le ravissement
de vos sens, alors vous pouvez imaginer mon bonheur. Dans le cas contraire, vous êtes aussi peu en état de
l'apprécier, que je le suis moi-même de
vous le peindre.

» Mon ami, me dit ma dame, si vous
êtes capable de jouer le rôle d'un amant
avec autant d'esprit ; heureuse la femme que vous aimerez en effet ! votre
début mérite tous mes éloges.

» Telle fut l'origine d'une liaison que
je regarde comme l'événement le plus
heureux de ma vie. Elle me fit éviter la
crapule à laquelle se livraient tous mes
camarades, dans un âge où tout excès
a les suites les plus funestes pour la
santé. Elle polit mes manières et donna

de la délicatesse à mes sentimens. Je
m'éloignai de toutes les parties de débauches, lorsque les autres écoliers,
après s'être plongés dans l'ivresse, se
glissaient dans un mauvais lieu, et dis-
sipaient les fumées du vin, entre les
bras de quelque prostituée : leur conduite m'inspirait le plus violent dégoût,
et je me retirais chez madame Warren.
Par amour pour moi, au lieu de passer
les hivers à Londres, elle loua une maison contiguë à notre collége. Là, s'é-
coulaient délicieusement toutes mes
heures libres. Quoique cette femme ne
m'eût pris que par caprice, quand elle
vit combien je l'aimais et qu'elle était
devenue ma divinité, elle m'accorda le
plus tendre retour. Elle eut les plus
grands égards pour ma jeunesse et ma
santé. Elle me permit d'effleurer, mais
non d'épuiser la coupe de la volupté,
et elle avait l'art de donner toujours à
ses caresses le charme de la nouveauté.
Je n'étais plus un novice timide ; mais

maintenant elle s'enorgueillit de mes
progrès dans le ton et l'air de la galanterie, qu'elle regardait comme son propre ouvrage. Sa seule crainte était de
me perdre. Il est plus facile , disait-
elle, de commander à un régiment d'a-
dorateurs , que de conserver le cœur
de l'homme que l'on chérit.

» Mais je ne lui donnai aucun motif de m'accuser d'inconstance : la nécessité seule nous sépara. Ma mère ,
j'ignore par quelle voie, mais rien peut-
il échapper à la vigilance d'une mère
tendre, avait découvert mon amour, et
s'alarmait sur ses suites. L'époux de
ma divinité, duquel je n'ai pas encore
parlé, et en vérité nous nous en étions
fort peu occupés, était un capitaine d'un
vaisseau de guerre, et on l'attendait
d'un voyage aux Indes occidentales.
Pour me dérober à sa jalousie , on résolut de me faire passer dans une université allemande. Vous pouvez imaginer combien je m'opposai à ce pro-

jet, et quel fut mon désespoir, en m'arrachant des bras de celle que j'adorais.

» Je restai à Leipsick une année entière, que j'employai à visiter les cours de quelques princes voisins ; et le croirez-vous ? j'y vécus sans amour. En preux chevalier, je faisais dépendre ma gloire de ma constance. Je portais au cou un ruban dont madame Warren m'avait fait présent, et je m'isolai souvent pour couvrir de mes baisers une paire de gants que je lui avais dérobée. Je négligeai mille bonnes fortunes, et dédaignai les avances d'une femme charmante que je trouvai sans cesse sur mes pas ; et ce qui me fit le plus grand honneur, mon enthousiasme de fidélité ôtait à ces privations tout ce qu'elles pouvaient avoir de pénible.

» Mais quel animal inconséquent que l'homme ! Ma conduite m'avait déjà mérité l'épithète d'ennemi des femmes, aux yeux des autres étudians, lors-

qu'un soir , au sortir d'un grand repas
donné par un de mes amis qui venait
de prendre le grade de docteur , je
rencontrai une courtisane dans les
promenades. Comme je buvais rarement , le vin auquel je m'étais trop
livré , ayant fait évanouir le charme
qui me protégeait , l'image de ma bien-
aimée ne vint point à mon secours
dans ce fatal moment : sa figure , son
regard , son sourire, ses traits, toutes
les perfections que je reconnaissais à
ma déesse , s'étaient effacées de ma mémoire. Je ne pensai pas plus à madame
Warren que si elle n'eût jamais existé.

» Le lendemain, en m'éveillant, j'a-
vais absolument oublié cette malheureuse rencontre : mais les souvenirs de
cette misérable prostituée la servirent
mieux. Elle vint quelques semaines
après me menacer de me dénoncer
comme le père de son enfant. Quel
dégoûtant objet que cette fille ! elle
était sale et couverte de haillons ; elle

parlait le patois le plus ignoble ; elle
exhalait l'eau-de-vie à pleine bouche.

» La colère m'emporta, je m'élevai
hautement contre son accusation, et la
menaçais à mon tour de la faire punir comme une diffamatrice, lorsqu'elle fit voir un ruban qu'elle dit
être tombé de mon sein : c'était le
même que le plus sentimental des amans
avait enlevé comme un trophée à madame Warren.

» De ma vie, je n'éprouvai une pareille humiliation. Il n'était plus question de nier, quoique je ne pusse concevoir une faiblesse aussi honteuse. Je
lui donnai cinquante louis d'or, en lui
prescrivant le plus profond secret sur
cette aventure.

» Rien ne coûte autant que de violer
une résolution ; mais y a-t-on une fois
manqué, on se dédommage d'y avoir
été long-temps fidèle. Ne pouvant plus
me glorifier de ma constance, la vanité me précipita dans les extrémités

contraires ; je devins l'adorateur de
toutes les femmes de négocians qui,
dans cette ville commerçante, pouvaient prétendre à donner le ton. Peu
s'en fallut que je ne tombasse dans un
piége, qu'on m'avait tendu pour me
forcer à épouser la fille d'un professeur;
et je n'avais plus assez de doigts pour
contenir toutes les bagues que m'avaient
données mes différentes maîtresses.

» Enfin cependant, j'eus honte de
l'ignoble théâtre de mes conquêtes, et
j'écrivis en Angleterre, pour obtenir
la permission de visiter les principales
cours de l'Europe ».

MILITA.

Conquêtes ! en vérité ! pour bonnes
fortunes soit ; le mot est admissible :
mais conquêtes ! quelle expression !
Ainsi le même amour qui couvre de honte une malheureuse femme, couronne
son amant de lauriers. Il n'y a qu'un
Européen qui puisse se faire gloire de

l'inconstance. Ne savez-vous donc pas
que, quoiqu'il n'y ait aucun mérite dans
la constance, elle est une source de bonheur, et que si l'inconstance n'est pas
un crime, on ne doit pas du moins
en tirer vanité ? Quant à moi, si j'ai
quitté le prince Firnos pour vos beaux
yeux, croyez-vous que je m'applau-
disse de ce caprice ? Quels esclaves
de l'amour-propre et du préjugé que
vos Européens !

FITZ-ALLAN.

« Malgré cette révolution dans mes
idées sur la constance, je conservais
toujours une certaine délicatesse dans
mes intrigues, lorsqu'un jour dînant
chez un banquier dont la femme était
un des objets de mes feux, toute la
société se mit à mystifier deux étudians
accusés l'un et l'autre, par une abo-
minable courtisane, d'être les pères de
son enfant, et qui, l'un à l'insu de
l'autre, lui avaient donné chacun une

H 2

somme d'argent. Je gardais le silence,
en me mordant les lèvres de dépit,
quand un maudit avocat que cette fille
avait probablement fait entrer dans son
complot, et qui, à moitié ivre, occupait un coin de la table, exposa ma
crédulité et la dépravation de mon goût
au mépris et à la dérision de toute la
compagnie. L'idée d'une liaison aussi
honteuse humilia ma fierté, et pendant quelques jours, je n'osai lever les
yeux. Je feignis une maladie, et me
tins renfermé dans mon appartement ;
mais avant que je n'eusse repris le courage de reparaître en public, je reçus
une lettre de ma mère : un événement
inattendu exigeait que je retournasse
sur-le-champ en Angleterre.

» L'écuyer avait été nommé par le
canton, maréchal des courses de chevaux. En ces occasions, la noblesse anglaise déploie, dans ses équipages et
ses livrées, une magnificence que les
yeux des étrangers chercheraient en

vain à la cour même. Le carrosse à six
chevaux de Fitz-Allan, escorté par des
domestiques montés sur des chevaux de
race, avait attiré l'admiration générale ;
et le soir, il avait paru au bal, aussi con-
tent de son rôle que s'il eût donné lui-
même un soufflet au pape.

» C'est au maréchal à faire les honneurs de la fête. Un prince allemand
qui voyageait en Angleterre, ayant été
invité au souper, fut placé à sa droite ;
et puis au pharaon, son altesse mit au
jeu une somme considérable. J'ai déjà
peint la hauteur de Fitz-Allan. En qualité de maréchal, il était là le plus important personnage. Le roi, disait-il à
tout propos, n'est que le premier gentilhomme du royaume ; et un gentilhomme anglais vaut sans doute bien tous
les princes de l'Empire Germanique.

» En conséquence, quoiqu'il n'eût
pas la moindre connaissance du jeu, et
uniquement pour n'être pas éclipsé, il
hasarda le double, et perdit. Son en-

3

têtement et sa mauvaise fortune se sou-
tinrent, et il ne voulut point quitter la
partie, à la fin de laquelle il se trouva
débiteur d'une très-forte somme envers un baronnet du voisinage qui avait
tenu la banque.

» Le lendemain ce baronnet étant venu pour se faire payer, l'écuyer lui
déclara qu'il lui était impossible, pour
le moment, de s'acquitter. Cette affaire
fut mise en négociation, et après différens messages de part et d'autre, ils
finirent par s'arranger en bons voisins,
à la condition que j'épouserais la fille
du baronnet.

» Je m'efforçai, à la vue de la demoiselle, de dissimuler mon dégoût,
et je refusai absolument sa main. L'é-
cuyer ne voulut rien entendre. Ma mère
prit mon parti. — Tais-toi, chienne
de française, s'écria-t-il, tu peux t'abs-
tenir de conseils qu'on ne te demande
pas ; tu sais bien qui a mis le doigt dans
le pot aux roses ; mais comme je dois

lui transmettre mon bien, que le diable
m'emporte, si je ne lui donne pas une
femme aussi. Ce reproche amer sur
ma naissance imposa silence à ma mère.
Elle ne put me donner que des larmes;
mais mon opposition n'en fut pas moins
inébranlable.

» Comme il ne pouvait plus être question du mariage, il fallut s'occuper des
moyens de satisfaire son créancier. L'é-
cuyer fit donc ses adieux à Château-
Allan, et se retira avec sa famille dans
une chaumière sur une de ses terres,
où il ne garda pour son service qu'un
seul valet en qualité de laquais. Il devint maussade et bourru, et ne fit plus
que gronder du matin jusqu'au soir.
Dans des jours plus prospères, il passait son temps ou à table ou à la chasse;
mais maintenant que sa cave était vide,
que ses chiens et ses chevaux avaient été
mis à l'encan, ses amis de plaisir l'a-
vaient abandonné, et son unique oc-
cupation était de tourmenter sa femme.

4

» Permettez, continua l'Anglais en s'adressant à ses auditeurs, que je relève quelques-unes des absurdités du mariage ; et puisque votre nation est heureusement libre de ce joug odieux, mes remarques ne peuvent que vous faire chérir davantage votre sort, et c'est vous rendre le plus grand des services.

» D'abord, vous êtes sans doute surpris que l'écuyer dont les relations avec moi ne pouvaient être que très-équivoques, prétendît avoir plus de droits sur moi que ma mère même qui en avait d'incontestables, et puis, que cette mère infortunée fût obligée d'expier dans une chaumière les folies d'un homme qui lui était très-indifférent. Le mariage étant l'union de deux fortunes plutôt que celle de deux cœurs, vous pourriez croire que l'imprudence d'un époux autorise l'autre à recourir au divorce ; mais point du tout, ils sont l'un à l'autre comme deux galériens enchaînés ensemble pour travailler sur le Danube; si l'un vient à être dépouillé de tout ce qui l'avait fait rechercher en mariage, et meurt pour ainsi dire, l'autre doit traîner son cadavre jusqu'à la fin de la journée.

» Ma mère aurait souffert avec patience pour un homme qu'elle aurait aimé ; des femmes moins généreuses en eussent fait autant : cette soubrette même ne voulut point quitter l'écuyer, et comme on n'était plus en état de lui payer ses gages, elle résolut de continuer gratuitement ses services à la famille.

» Cependant le chagrin minait la santé de ma mère, qui était tombée dans un état de langueur. L'écuyer, loin de la consoler, faisait tout pour aggraver ses peines ; elle était trop fière pour accepter des secours pécuniaires du chevalier, quoiqu'elle consacrât toutes ses ressources à l'éducation de mes frères.

» On m'avait forcé de quitter le con-

5

tinent, dont je chérissais le séjour, pour
me faire languir à la campagne. Ma
mère m'était infiniment chère, et l'é-
cuyer m'avait toujours traité avec douceur jusqu'à ce projet de mariage. Je
détestais la campagne, qui me paraissait une punition de ma désobéissance.
Mes camarades d'études avaient la liberté de voyager, et leurs lettres ne
me parlaient que de leur présentation
dans quelque cour étrangère. Enfin un
de mes jeunes compatriotes m'ayant
écrit qu'il avait eu l'honneur de danser
avec une archiduchesse, je donnai sur-
le-champ mon consentement à mon
mariage avec la fille du baronnet. Ma famille reprit son ancienne splendeur,
revint dans son château, et on retira la
demoiselle de sa pension.

» Ma prétendue passait pour une
jolie fille ; elle avait des joues couleur
de rose, l'émail de ses dents le dispu-
tait à la neige ; elle était en état de danser au son du premier violon ; elle pleu-

rait à la lecture d'un roman sentimental, et riait sans savoir pourquoi ; enfin
c'était une espiègle. Le jeu de colin-
maillard était son élément. Je ne sais si
elle regardait comme un devoir d'aimer
son époux, ou si un jeune homme de
vingt ans était vraiment de son goût,
mais elle me fit l'honneur de devenir
passionnément amoureuse de moi. Je
l'aurais volontiers dispensée de tant
d'ardeur, et j'eus l'ingratitude d'en être
peu flatté.

» Le ministre qui nous avait donné
la bénédiction nuptiale faisait honneur
au repas, et les chasseurs de renards
plaisantaient avec la nouvelle mariée
sur les mystères de l'hymen, lorsque je
me dérobai du salon, me jetai dans ma
chaise de poste, et partis pour le continent. Le baronnet m'avait accordé de
voyager pendant trois ans, mais le temps
de mon départ n'avait point été fixé.
Ma disparition fit évanouir ma chère
moitié.

6

» Ces trois années s'écoulèrent comme
un songe; elles forment l'époque la plus
agréable de ma vie, et leur souvenir
répand encore des charmes sur plusieurs instans de mon existence ; mais
Calicut, sous les auspices de ma chère
Milita, a, dans l'automne de ma vie,
reproduit l'enchantement dont Paris a
embelli mon printemps. A mon retour
en Angleterre, l'histoire de mes amours
parut incroyable à mes flegmatiques
et peu entreprenans compatriotes. Les
Anglais n'ont aucune idée de cette galanterie qui a tant contribué à polir les
manières parisiennes, et ne connaissent
point de milieu entre s'ennuyer chez
soi, ou se plonger dans la plus grossière
crapule. Mais, mesdames, le récit de mes
aventures amoureuses n'a rien qui puisse
vous intéresser. Vous pourriez croire
que je vous raconte les anecdotes jour-
nalières de cette capitale; car Paris peut
être regardé comme le Calicut de l'Europe. Il est vrai que le mariage y a lieu;

mais, d'après un écrivain français (1) :
« Un mari qui voudrait seul possé-
der sa femme, serait regardé comme
un perturbateur de la joie publique, et
comme un insensé qui voudrait jouir
de la lumière du soleil à l'exclusion des
autres hommes. Ici, un mari qui aime
sa femme, est un homme qui n'a pas
assez de mérite pour se faire aimer
d'une autre; qui abuse de la nécessité
de la loi pour suppléer aux agrémens
qui lui manquent; qui se sert de tous
ses avantages au préjudice d'une société
entière; qui s'approprie ce qui ne lui
avait été donné qu'en engagement, et
qui agit autant qu'il est en lui pour
renverser une convention tacite qui
fait le bonheur de l'un et de l'autre
sexe».

MILITA.

Cet écrivain vit-il encore ? il méri-

_____

(1) Lettres persanes, par Montesquieu.

terait d'être membre de l'académie du
Malabar, et votre altesse impériale devrait lui envoyer un diplôme.

FARNA.

Si j'étais exilée en Europe, je fixerais
mon séjour à Paris.

FITZ-ALLAN.

Je suis parfaitement de votre avis,
quand même la Bastille devrait se relever de ses ruines, car la liberté politi-
que ne vaut pas la liberté individuelle;
mais je reprends le fil de mon histoire:

« A mon arrivée en Angleterre, je
trouvai ma femme peu changée à son
avantage. A l'époque de notre mariage
elle était si jeune, son caractère était si
peu formé, que, semblable à la cire, il
aurait été susceptible de toutes les im-
pressions, ou pour mieux dire, elle
manquait absolument de caractère;
n'ayant vécu que parmi de grossiers
chasseurs de renards, elle avait adopté

le ton et les manières les plus rudes. Enfin elle offrait véritablement la caricature d'une grivoise, telle que l'embarras de ma mère l'avait d'abord forcée de paraître. — Voilà, s'écriait l'écuyer, une fille qui l'emporte mille fois sur toutes les filles d'honneur de Saint-James. Que le diable les enlève toutes ensemble! — Elle me donna un baiser bien libre, et courut me chercher la queue d'un renard, qu'elle m'assura être un trophée remporté par elle dans une partie de chasse. Ah! madame la baronne, madame la marquise, madame la présidente, et vous toutes, beautés que j'avais connues à Nancy, combien je regrettai, en ce moment, vos petits soupers, vos boudoirs et vos parties fines !

» N'imaginez pas, mesdames, que je reprochai à ma femme son goût pour les chevaux, au contraire ; mais mon éloignement pour elle vint de ce qu'elle en manquait pour toute autre chose.

La société d'une personne dont les idées
se concentraient dans les écuries, était
peu faite pour briller dans les assem-
blées, et je ne l'honorais jamais d'un
tête à tête. Croyez-moi, je ne fus jamais si charmé que lorsque je vis, pour
la première fois, la Samorina à cheval;
avec quelle audace elle s'élançait sur
ce noble animal! avec quelle adresse
elle dirigeait ses mouvemens! quelle
grâce! quelle dignité dans son attitude!
L'ambassadeur de Perse l'ayant rencontrée, ce fier musulman, entêté de la
supériorité imaginaire de son sexe, ne
put se dispenser de mettre pied à terre
pour tenir l'étrier de la princesse. Et
les dames de sa cour! que toutes étaient
faites pour partager l'admiration dont
nous avions déjà payé le tribut à leur
maîtresse; toutes dignes de suivre une
Didon à la chasse! Telle était Penthésilée
à la tête de ses Amazones; telle est Ca-
therine de Russie, commandant ses gar-
des-chevaliers.

» Que l'écuyer aurait été heureux avec une femme comme la mienne ! combien ma vie eût été délicieuse en possédant une compagne telle que ma mère ! J'ai dit compagne, car le nom d'épouse me l'aurait rendue indifférente. Les poëtes nous représentent l'Amour aveugle ; l'Hymen ne méritait-il pas bien davantage d'être peint un bandeau sur les yeux, lui qui avait uni la rudesse d'un chasseur de renards aux grâces et à l'élégance de l'amie du chevalier, et moi, l'élève de madame Warren, à une gauche provinciale ? Heureux, trois fois heureux le Malabar, où Cupidon peut se livrer à ses jeux folâtres, mais où l'Hymen ne tourmente personne, jusqu'à le rendre frénétique ! Et assurément, la position de ma femme était assez cruelle pour affecter un cerveau de dix-neuf ans : quoique je n'ambitionnasse pas les honneurs de la canonisation, un simple caprice me détermina à la traiter comme le roi

Edouard le Confesseur traita la reine son épouse. Marié depuis quatre ans, j'avais cependant toujours négligé ses charmes; elle était trop fière pour se plaindre de cet outrage; elle cherchait la solitude, où, le front couvert de sa main et le coude appuyé sur le genou, elle offrait, pendant des heures entières, le tableau du chagrin et du désespoir. Ses soupirs et ses sanglots étaient ses seules expressions, et son sein agité était inondé de ses larmes.

» Peu de temps après mon retour en Angleterre, la mort du bon écuyer me mit en possession de tous les biens des Fitz-Allan; mais hélas! ma tendre mère ne lui survécut que quelques mois.

» Ce modèle des mères avait traité ses enfans avec la bonté d'une amie, sans jamais leur faire sentir le poids de l'autorité. Aussi avait-elle captivé toute leur confiance et leur attachement. Lorsqu'elle sentit les premières atteintes de la mort, elle les fit appeler au-

près de son lit, pour recevoir sa dernière bénédiction. Je n'oublierai jamais
ce touchant spectacle. Elle seule montra
de la fermeté ; elle ne fit entendre aucun regret, elle n'éprouva aucune con-
vulsion, et l'ornement de la cour mourut avec le calme d'un philosophe.

» Je fus à la fois édifié et vivement
affligé de cette perte. Ce n'est point ainsi
que l'on meurt quand on est coupable.
Si sa conduite pouvait être accusée au
tribunal du préjugé, elle était justifiée
par sa propre conscience. Elle avait pu
être mauvaise épouse, mais elle avait
été bonne mère. Les devoirs de l'une
dépendent des circonstances acciden-
telles du temps et des lieux ; ceux de
l'autre sont dictés par la nature même.
Je trouvai, dans ses papiers, sa cor-
respondance avec le chevalier. Comme
elle l'avait aimé ! et combien il était
digne de sa tendresse ! Son bonheur
avait été entre les mains de son mari ;
et si elle en eût été traitée comme je

traitais ma femme, ils n'auraient jamais
pu jouir de leur attachement mutuel.
Dans ses lettres, elle parlait de Fitz-
Allan avec tant d'égards, elle paraissait
si reconnaissante de l'indulgence et de
la tolérance de celui à qui le destin
l'avait unie, que je commençai bientôt
à rougir de ma cruauté, et résolus
d'adopter la même conduite envers ma
femme désolée, dont le bonheur ou le
malheur dépendait entièrement de moi.

» D'ailleurs, la force d'un des argumens employés par le chevalier pour
légitimer la galanterie, m'avait frappé.
L'épouse, disait-il, qui, en trompant
son mari, le charge d'un enfant qui lui
est étranger, ne lui fait tort que dans
sa fortune; mais le mari qui tyrannise
son épouse, la prive de sa liberté personnelle. Et que sont toutes les richesses du monde, au prix de la liberté!
Moi aussi, je me sentais la générosité
de préférer le rôle de dupe à celui de
tyran d'une femme dont je devais être

le protecteur, et la justice me décida à permettre à une de mes semblables d'être maîtresse absolue d'elle-même.

» Pour lui faciliter un choix qui lui convînt, j'aurais consenti, en vrai sultan, à lui jeter le mouchoir, et daigné lui permettre de monter, en tremblant, comme une esclave de Circassie, dans le lit nuptial; mais ma fierté s'y opposa; j'avais juré de la négliger ; elle ne cessait de pleurer, et ma vanité me faisait illusion sur la cause de ses larmes. J'imaginais que son amour-propre était humilié par mon indifférence, tandis que sa douleur n'avait d'autre motif que la crainte d'un éclat. Depuis long-temps la terreur était le seul sentiment que lui inspirât ma présence. Je la croyais encore vierge, tandis qu'elle avait à trembler de devenir mère. Jacques, George, Tom, palfréniers, cochers, postillons, enfin toute la valetaille, avaient prodigué leurs soins pour la consoler de ma froideur. Tout le voi-

sinage s'était scandalisé de la bassesse
de ses amours; et moi, bonhomme,
comme cela arrive presque toujours,
j'étais le seul qui les ignorasse.

» Je n'insiste pas sur l'indignité de
pareils amans, pour faire un crime à
ma femme de s'y être livrée, mais uniquement pour prouver la grossièreté
de ses sentimens et son manque absolu de délicatesse. Si une femme fait un
choix méprisable, cela ne regarde
qu'elle ; personne n'a le droit ni de la
contrarier, ni de la contraindre; mais
voyez la malignité de mon étoile, en
m'unissant pour la vie à une femme
dont les goûts étaient si pervers et si
ignobles » !

FARNA.

Il y a aussi parmi nous des exemples
de dames qui se sont affichées d'une
manière aussi peu délicate; mais pour
être juste, il faut observer qu'ils sont
très-rares. Quoiqu'une dame ne rou-
gisse point d'avouer publiquement son

penchant pour un palfrenier, cependant l'habitude , l'éducation , l'occasion , assortissent ordinairement les
amans d'un rang égal. Si le chapeau
d'un parvenu se trouve quelquefois
suspendu dans le vestibule d'une femme
de qualité , il est probable que c'est un
de ces hommes rares que distinguent
leurs talens , leur bravoure ou leur esprit , un de ces êtres ennoblis par la
nature. Son altesse impériale , cette
bonne Samorina que nous venons de
perdre , prit le goût le plus vif pour un
homme de lettres; et quoique sa mère
n'eût été que blanchisseuse , et que ses
oncles n'eussent servi dans la dernière
guerre contre les Perses qu'en qualité
de simples soldats , la cour n'a jamais
censuré ce choix. C'est un homme qui
pétille d'esprit , et dont je vous ferai
faire la connaissance : je n'ai jamais
passé une demi-heure dans sa société
sans en avoir recueilli quelques fruits.

FITZ-ALLAN.

« Enfin, ma chère moitié se lia avec
un cavalier nommé Pellerini ; je remarquai qu'elle était fortement prévenue en sa faveur ; en conséquence je
lui ouvris ma maison. Cependant jamais je ne les vis ensemble sans que la
pauvre femme fût toute tremblante.
En rendant une visite au signor, je
rencontrai chez lui une dame qui voyageait avec lui en Angleterre. Cette dame,
que j'avais d'abord prise pour l'épouse
du cavalier italien , mais qui se donna
depuis pour sa sœur, était, comme je
l'ai appris aujourd'hui , la princesse
Agalva , le cher objet des regrets de
tout l'Indostan ».

Ici Fitz-Allan raconta les circonstances de son rendez-vous avec Agalva, et le
tour que la princesse lui joua pour tran-
quilliser sa femme, à l'enfant de laquelle
elle voulait assurer une naissance légi-
time. Ces incidens étaient déjà connus

de Firnos, qui les avait lus dans les mémoires de sa mère ; mais les deux dames applaudirent vivement à ce stratagème d'Agalva. C'était un triomphe pour leur sexe. Après avoir donné une larme à la perte arrivée dans son château de la malheureuse petite Osva, Fitz-Allan reprit le fil de son histoire.

« Ma femme avait donné le jour à six enfans, dont deux moururent au berceau. Malgré mon indifférence pour elle, je dois lui rendre la justice de dire qu'elle n'oublia jamais ses devoirs de mère. En effet, pourquoi aurait-elle été dépourvue de cette tendresse que la nature inspire aux animaux même les plus féroces ? Non, quoique ses manières fussent très-grossières, son cœur n'en était pas moins excellent.

» Un de ses enfans, aimable petite fille de dix ans, fit une maladie qui embarrassa beaucoup les médecins, et mit en défaut toute leur science ; ils ordonnèrent les remèdes les plus

contraires. Ma femme ne quitta pas le
chevet du lit de la malade; par ses
sollicitudes et ses veilles, elle devint
un véritable squelette ; enfin l'enfant
mourut, mais il ne fut pas possible de
convaincre la mère de sa mort. Nuit et
jour elle serrait dans ses bras ce cadavre glacé, où elle espérait vainement
ranimer les principes de la vie ; sourde
aux représentations de ses amis, il n'y
eut que la maladie d'un autre enfant
qui put la séparer de celui qui était
mort. Le second de ses fils avait gagné
la rougeole de sa sœur ; telle était la
nature de son mal , quoiqu'on l'eût
découvert trop tard pour la sauver. Ma
femme laissa tomber quelques larmes
sur son corps inanimé, et vola au secours du garçon.

» L'enfant en danger est toujours
l'enfant favori. La mère oublia également la perte du premier et toutes les
précautions qu'exigeait le soin de sa
propre santé. Toute son existence sem-

blait attachée à la guérison de celui-ci.
Elle lui donnait ses médecines, qu'il ne
voulait prendre que de sa main; et tandis
que la garde dormait, sans soucis, dans
un fauteuil, le sommeil ne ferma pas
un instant les yeux de ma femme. Elle
veillait à côté de son fils, et rendait
compte aux médecins, le lendemain, des
symptômes qui s'étaient manifestés dans
la nuit passée. De vingt-quatre heures,
à peine voulait-elle en accorder une au
repos. Elle lui prodiguait tous les jou-
joux possibles, elle l'amusait par toutes
sortes de contes, et ne négligeait aucun des moyens propres à le distraire.

» Pour le faire changer d'air, nous
louâmes une maison peu éloignée de la
ville. On était au milieu de l'été. Un
jour, vers quatre heures du matin, un
coup de pistolet nous réveilla. Tous les
voisins étaient encore endormis. Nos
gens, qui avaient veillé toute la nuit,
sortirent en hâte, croyant avoir à se-
courir quelqu'un attaqué par des vo-

leurs. Ils rentrèrent bientôt après pour
prendre un matelas, sur lequel ils rap-
portèrent un jeune homme blessé dans
un duel : il était évanoui. Comme les
volets n'étaient pas encore ouverts, et
que son visage était couvert de sang, il
me fut impossible de distinguer ses
traits.

» Je me retirai à l'arrivée du chirurgien, qui lui fit bientôt recouvrer
l'usage de ses sens : mais ayant exami-
né sa blessure, il déclara qu'il ne lui
restait que peu d'heures à vivre. J'étais
passé dans la chambre voisine, où ma
femme veillait l'enfant, lorsque le blessé
se trouvant seul avec son second, lui
adressa, d'une voix affaiblie, ces paroles
que le peu d'épaisseur de la cloison nous
permit de recueillir :

« Cher ami, vous connaissez trop
bien la cause de cette malheureuse que-
relle ; quelle que soit la conduite d'une
mère, c'est un devoir sacré pour son
fils de défendre son honneur ; mon ad-

versaire a eu l'audace, dans une société nombreuse, d'attaquer la mienne,
et de parler d'elle insolemment, en l'ac-
cusant de...... Mais vous savez tout. J'ai
fait prier mon père et ma mère de se
rendre auprès de moi. J'espère qu'ils
arriveront assez tôt pour me donner
leur bénédiction. Mais une chose que
je dois exiger de votre amitié, c'est que
vous me promettiez de ne jamais di-
vulguer le sujet qui m'a mis les armes
à la main. Une pareille indiscrétion ne
ferait que porter le trouble et la dis-
corde au sein de ma famille, et les suites pourraient en être funestes pour
ma malheureuse mère. Imaginez, sup-
posez quelque dispute survenue au jeu
ou au billard; s'ils m'en jugent moins
digne de leurs regrets, cette histoire, du
moins, en diminuant de mon prix à
leurs yeux, ne compromettra pas leur
tranquillité domestique ».

« Cette magnanimité m'intéressait
en faveur de l'étranger; la curiosité,

l'étonnement, le désespoir se peignaient
alternativement dans les traits de mon
épouse. Son teint pâlissait et s'animait
successivement des plus vives couleurs.
Grand Dieu! s'écria-t-elle, c'est Allan.
Elle tressaillit et se précipita dans la
chambre. — C'était effectivement son
fils aîné.

» Ce fils, victime que la piété filiale
immolait au préjugé, avait quitté son
collége, quoiqu'à peine sorti de l'enfance, pour punir un de ses camarades
qui, dans un moment d'inconséquence,
s'était permis quelques railleries sur
les ignobles galanteries de sa mère;
ne connaissant pas notre nouvelle de-
meure, on avait assigné, pour le lieu
du combat, un pré situé derrière notre
maison, et il ignorait absolument chez
qui on l'avait transporté.

» Il n'est point d'expression pour
rendre cette scène, ni de couleurs qui
puissent peindre l'horreur répandue sur
toutes les figures des spectateurs. Quoi-

qu'épuisée par de longues veilles, mon épouse désolée s'élance, avec la rapidité de l'éclair, vers le lit de son fils; elle pousse un cri déchirant, ses forces l'abandonnent, elle tombe évanouie aux pieds du jeune homme, qui éprouve une émotion dont la violence rouvre sa blessure.

» Rien ne peut le retenir, il se jette sur sa mère, il baise ses lèvres décolorées, son sang coule sur son visage, où régnait la pâleur de la mort. Cependant l'enfant malade s'éveille, et demande sa mère; il se traîne à l'appartement et la voit inanimée, et toute couverte du sang de son frère. Le pauvre petit! Quelles expressions lui arracha l'horreur de ce spectacle! Quel langage que celui de la nature! L'aspect de la mort l'épouvante, il s'enfuit; l'amour le ramène, il rentre en tremblant, touche en frémissant la main glacée de sa mère, et l'approche de ses lèvres.

4

» Ses femmes réussissent enfin à la ranimer; mais leurs soins sont aussi cruels que ceux qui rappellent à la vie un criminel, pour le livrer à un supplice exemplaire. Elle ouvre les yeux, et jette sur son fils un regard plein de tendresse, de pitié, de reconnaissance et d'approbation, mais d'une approbation mêlée de tant de douleur, qu'un ange pourrait, par un tel regard, dédommager un martyr de tous ses tourmens. Je ne l'oublierai jamais.

» Cependant le sang continuait à couler de ses blessures. Tous les objets tournent autour de moi, dit-il, en saisissant mon bras pour se soutenir. Rappelé une seconde fois à lui-même, le mouvement de ses lèvres annonce qu'il médite quelque prière; nous nous mettons à genoux devant son lit; alors nous prenant les mains, qu'il baisa et réunit, il exhala doucement son dernier soupir ».

La baronne Farna avait écouté jus-

que-là, avec la plus grande attention ;
mais la triste fin de ce malheureux
jeune homme ayant rappelé son fils
à son souvenir, un soupir involontaire
souleva son sein palpitant, et une larme
furtive sillonna ses joues. La fille d'A-
nora se piquait d'une philosophie supérieure à tous les coups du sort, mais
elle ne put étouffer la voix de la nature, et fut sur le point de trahir sa
faiblesse par ses sanglots. Elle prit le
bras de Firnos, fit brusquement avec
lui quelques tours de valse dans le
salon, et puis, d'un air calme et serein,
elle se remit à sa place. — Fitz-Allan
continua :

« Préparez-vous à entendre des
choses qui feront hérisser vos cheveux,
et qui glaceront votre sang dans vos
veines. L'inflexible préjugé, non con-
tent de cette victime, exigea que le
suicide consommât son triomphe. La
première éducation de ma femme avait
été dirigée par la religion ; et celle de

5

notre patrie met l'adultère au rang des
plus grands crimes. La superstition la
plus absurde et la morale la plus saine
exercent sur l'esprit le même empire.
Le pythagoricien, qui aurait mangé une
féve ou tué une mouche, éprouve les
mêmes remords que le sectateur de tout
autre dogme qui aurait assassiné un de
ses semblables. Dans le sein de la dissi-
pation, elle avait oublié ses principes.
Mais le jour de la rétribution semblait
ne pas être éloigné. Deux enfans lui
avaient été enlevés, dont l'un, son
bien-aimé, victime de ses crimes, paraissait avoir péri par une permission
divine; mais le scrutateur suprême de
tous les cœurs sait, lui seul, si ce fut
l'horreur de ses égaremens ou la crainte
du châtiment qui lui aliéna l'esprit. Son
délire dura plusieurs jours. Dans ses
accès, quatre hommes avaient peine à
la contenir. Tantôt elle m'appelait son
tyran; et dévoilant ma conduite depuis
notre union, à tous les domestiques

qui la gardaient , elle déclarait , par
cette confession , ses enfans illégitimes.
Tantôt , quand je paraissais dans l'appartement , elle tombait à genoux ,
croyait sentir sur sa gorge la pointe de
mon épée nue , ou mettait en alarmes
tout le voisinage par ses cris, *au meurtre !* — Epuisée enfin par ses trans-
ports , elle s'endormait; mais aussitôt
que l'horloge sonnait les quatre heures,
elle s'éveillait , se précipitait dans la
chambre voisine , s'agenouillait devant
le lit où était mort son fils , et où elle
imaginait le voir encore. Mon fils ! ô
mon cher fils ! s'écriait - elle; et elle dé-
chirait son mouchoir pour bander ses
blessures. Ah ! il se meurt ; il n'est plus ,
non , il n'est plus de médiateur ; mon
mari me tuera. Cruels ! pourquoi m'arracher du corps sanglant de mon fils ?
A sa vue , cet époux offensé serait sans
doute ému de pitié. Alors elle se baisait
les mains et toutes les parties de ses
vêtemens où son imagination lui repré-

6

sentait encore quelques traces de son sang.

» Ces scènes attendrissantes se répétèrent durant quelques mois ; mais un jour elle parvint à tromper ses gardes et à s'échapper de la maison, et pendant une semaine entière toutes les perquisitions que nous en fîmes furent inutiles. Enfin mon intendant m'informa qu'elle était arrivée à notre campagne, probablement à pied, car ses souliers étaient tout déchirés. Quoiqu'elle n'eût jamais été aussi ridiculement délicate que les Anglaises le sont ordinairement, il est à présumer que de sa vie elle n'avait fait dix milles de suite ; et dans cette circonstance, elle en avait parcouru cent cinquante en cinq jours. Infortunée ! c'était pour visiter le caveau de la famille où reposait son fils. Je partis sur-le-champ ; mais elle vit ma voiture s'avancer le long du parc. « Il arrive, s'écria-t-elle ; mon mari vient pour me tuer ». A l'instant elle brise une fenêtre, et se précipite dans les fossés du château.

» Je ne vous présenterai pas le tableau de son corps froissé par une chute de plus de cent pieds de hauteur; sa cervelle agglutinée dans ses cheveux, et ses habits inondés de sang : telle fut la fin tragique de mon épouse, de la protégée de la princesse Agalva. Je n'eus jamais d'amour pour elle; mais un sort aussi déplorable aurait au théâtre attendri jusqu'aux larmes les spectateurs les plus indifférens; et loin de mériter par ma tyrannie l'étang où voulaient me plonger vos fruitières, j'aurais donné volontiers la moitié de mes biens pour la rendre à la vie.

» Dans ces entrefaites, j'avais perdu l'unique fils qui me restât. Sa mère avait été sa garde ; et quelle garde plus attentive et plus assidue qu'une tendre mère ! On l'avait négligé pendant toutes ces scènes de tumulte et de confusion. Une nuit ayant entendu les cris de sa mère

à laquelle il était extrêmement attaché,
il se traîna hors de son lit, et vint
écouter à la porte ; mais n'étant pas
bien rétabli de sa maladie, il gagna un
rhume, et sa mort réduisit ma famille
à une seule fille, qu'une de mes tantes
avait adoptée.

» Cette chère tante était le bégueulis-
me personnifié : elle avait tant déclamé
devant ma fille contre les défauts de sa
mère, qu'elle l'avait jetée dans l'extrême
opposé. L'une était devenue aussi délicate et aussi composée que l'autre avait
été grossière et étourdie. On lui avait
appris à s'asseoir les mains croisées, les
pieds en dehors et la tête bien droite :
elle ne répondait habituellement que par
monosyllabes. Trop timide pour oser
regarder personne en face, la liberté la
plus innocente dans la conversation la
faisait rougir.

» Je pris la route de la ville où demeurait ma tante, pour aller chercher
ma fille à Londres, et je la ramenai dans

ma chaise de poste, sans nous être arrêtés nulle part.

» J'avais si long-temps vécu sur le
continent, que j'avais oublié la fausse
délicatesse des Anglaises ; et pendant
tout le voyage, je ne laissai à cette pauvre enfant que j'éveillais toujours de
grand matin, aucune facilité de pour-
voir à ses besoins particuliers. Une obs-
truction en fut la suite. Au bout de
trois jours, je remarquai qu'elle ne pouvait plus porter sa tête, et qu'elle avait
l'air abattue. Je lui en demandai la raison. Elle ne répondit que par des larmes que j'attribuai au regret d'être
séparée de quelques jeunes amies, et
je ne la questionnai plus. Ses idées sur
la pudeur lui interdirent de révéler son
indisposition, même à son propre père.
Enfin sa femme-de-chambre en devina
la cause. On fit venir les premiers médecins de Londres ; mais leur visite n'eut
aucun succès. Quoiqu'elle souffrît les
douleurs les plus vives, elle lutta un

jour entier contre le chirurgien qui
voulait l'examiner; enfin elle se rendit,
mais alors il était trop tard. En vain je
la menai prendre les eaux minérales;
elle mourut avec la résignation d'une
sainte, et fut la dernière victime du
préjugé dans ma famille.

» Ainsi je me trouvai sans enfans :
mes deux frères n'étaient plus; deux cousins que je n'avais jamais vus, et dont je
ne m'étais jamais guère soucié, étaient
mes seuls héritiers; mais ils étaient des
Fitz-Allan, de la même maison, et portant les mêmes armes que moi. Je n'en
demandais pas davantage; je résolus
donc de ne point passer à de secondes
noces. J'écrivis au frère aîné pour l'inviter à venir à ma campagne : mais,
hélas! ma vanité plutôt que ma générosité lui offrait trop tard cette faveur.
Je l'avais abandonné, et sa pauvreté,
la nuit même qui précéda la réception
de ma lettre, l'avait forcé de s'immoler
sur l'autel de l'hymen. Malgré sa jeu-

nesse , il avait épousé une vieille douai-
rière d'âge à être sa mère. Comme je
me piquais , hélas ! beaucoup plus d'une
politesse qui me faisait observer jusqu'aux moindres formalités de l'étiquette , que d'une bienveillance qui lui
aurait été vraiment utile , je lui écrivis
une lettre de cérémonie pour le féliciter de son mariage ; mais on ne pouvait
espérer d'enfans d'une union si mal as-
sortie , et vous êtes sûrement étonnés
qu'une nation qui se pique de lumières ,
puisse tolérer des liaisons si contraires
au but du mariage.

» Comme l'aîné devait renoncer à
l'espoir d'une postérité qui pût continuer le nom des Fitz-Allan, je tournai
toutes mes vues sur le cadet. Ce jeune
homme étant venu me voir, me déclara,
les larmes aux yeux, qu'il avait secrète-
ment épousé la fille d'un avocat. Sa
femme se présenta avec un enfant à la
mamelle , et se prosterna à mes pieds ;
sa figure était intéressante : mais l'idée

d'une pareille mésalliance me mit en fureur, et je leur ordonnai de se retirer.
Cependant, comme ils manquaient de
pain, je leur envoyai de temps en temps
quelque bagatelle, mais en leur cachant
la main qui les secourait, et je décidai
que cette race dégénérée ne serait jamais
l'héritière des Fitz-Allan.

» Le brave écuyer, s'il vous en souvient, avait épousé ma mère, à cause du
célèbre soufflet; moi, j'avais pris ma
première femme pour éteindre une
dette contractée au jeu, et tout à coup
je me détermine à en épouser une seconde pour déshériter mon cher cou-
sin. En vérité, c'est un beau sacrement
que celui du mariage !

» Dès ma première jeunesse, j'avais
préféré les femmes du continent à nos
insulaires. J'avais probablement puisé
ce goût dans les ouvrages de Chesterfield; et, à cette époque, les horreurs
de la révolution française avaient forcé
la plus haute noblesse de France à cher-

cher un asyle en Angleterre. Au nombre de ces malheureuses victimes, se trouvait la marquise de Beaumanoir. Elle venait de recevoir la nouvelle que son mari avait été condamné à périr sur l'échafaud. Les torrens de larmes que lui fit verser cette catastrophe, me donnèrent la plus haute idée de ses vertus conjugales. Je lui offris ma main, qu'elle accepta avec la plus vive reconnaissance. Mes amis s'étaient réunis, pour célébrer mon hymen, quand tout à coup un grand bruit se fit entendre à la porte; et son mari échappé de sa prison, la veille même de son exécution, se présenta accompagné d'un exempt de la police, et se saisit de sa femme, pour avoir quitté la France avec un amant, et emporté toutes les pierreries de la maison de Beaumanoir.

» L'apparition subite de cet époux outragé me tira, fort à propos, des mains d'une syrène qui, dans la suite, se montra capable de la plus noire perfidie et de

la plus horrible ingratitude. Qu'un pays
est malheureux, lorsque le divorce ne
peut y offrir de ressource contre les
erreurs du mariage ! En Angleterre, si
j'avais été une fois uni à un pareil cro-
codile, la mort seule aurait pu briser
mes liens.

» Ce mariage ne pouvant avoir lieu,
elle m'agréa pour amant. Dans un de
nos rendez-vous, je fus surpris par son
mari, qui entra brusquement avec un
témoin. J'étais retourné chez moi, lorsque mon valet-de-chambre arriva hors
d'haleine. Favori de la confidente de la
marquise, cette femme lui avait révélé
un des complots les plus infâmes qui
puisse jamais être tramé par deux personnes de condition, et tel que des Anglais seuls, séduits quelquefois par leur
belle jurisprudence, pourraient en concevoir l'idée.

» Ces deux nobles époux étaient con-
venus entr'eux que le mari viendrait
me surprendre dans les bras de sa chaste

moitié, et qu'ensuite il intenterait une
action contre moi, pour crime d'adultère, afin d'obtenir l'énorme amende
déterminée, dans ces cas-là, par douze
gros bourgeois, qui n'entendent rien à
la galanterie. Oh ! les belles lois que les
lois de l'Angleterre ! Quelle jolie mar-
chandise que la honte d'une femme, et
que le ridicule qui en rejaillit sur son
mari, est bien payé !

» Cet événement me força de quitter
ma patrie, le jour même où j'avais engagé votre altesse impériale à dîner.
Résolu d'empêcher cet honnête couple
de recueillir le prix de sa bassesse, je
partis pour un port de mer, d'où un de
mes amis, nommé à l'ambassade de la
Chine, devait mettre à la voile. J'étais
curieux de voir un pays dont les usages
sont si différens des nôtres. Nous arrivâmes au cap de Bonne-Espérance, d'où
la fièvre m'obligea de laisser partir l'ambassadeur. Lorsque je fus guéri, je
m'embarquai sur un vaisseau indien

pour Calicut, dans l'espoir d'y trouver
quelqu'occasion de rejoindre mon ami
en Chine; mais vraiment, depuis mon
arrivée dans votre capitale, l'idée de
poursuivre mon voyage, s'est entièrement évanouie.

» Combien de fois, durant la traversée,
ne me suis-je pas repenti d'un projet
aussi romanesque que celui de visiter
un pays tel que la Chine, où il n'y a ni
bals, ni opéras, ni aimable commerce
entre les deux sexes ! Moi qui voyais
dans Paris la capitale du monde ; moi
qui, malgré les indignes procédés de la
marquise, préférais les Français à tous
les autres peuples ; moi que la société
de mes compatriotes ennuyait, et qui,
dans Londres même, avais constamment
recherché celle des étrangers, qu'aurais-je fait en Chine ? J'aurais donc
fumé une pipe dans notre factorerie
de Canton, en écoutant l'harmonie
glapissante des clochettes de quelques
danseuses insipides; ou, au lieu d'avoir

un libre accès au boudoir de ma chère
Milita, j'aurais peut-être reçu la baston-
nade, pour m'être trop approché du
sérail de Kien-Long.

» Mais comment peindre les trans-
ports que m'inspira l'aspect de Calicut !
Tous mes sens étaient suspendus. Elle
me parut l'*El-Dorado* décrit par les
poètes. Je craignais le réveil d'un songe
délicieux. La soirée était superbe; je me
promenai dans la ville, jusqu'à ce que
la fatigue me forçât de m'asseoir près
d'une des fontaines qui ornent les places
publiques. La lune parut bientôt sur
l'horizon. Le miroir liquide des eaux
réfléchissait ses rayons mobiles, et je
m'abandonnais à une rêverie profonde,
lorsqu'une sérénade, donnée par quelqu'amant heureux, m'en fit sortir; il
était plus de minuit, et je retournai à
mon auberge.

» Je dormais encore, quand mon domestique vint m'annoncer la comtesse
de Séningal.—La comtesse de Séningal !

répétai-je; c'est sans doute une méprise;
sa visite s'adresse à quelqu'autre voyageur qui loge ici. — A l'instant paraît la
belle Milita, qui vient me demander de
vos nouvelles, et si j'ai rencontré le
prince Firnos en Angleterre : mais
comment aurais-je pu imaginer qu'elle
s'intéressât au jeune marquis de Roverbella? En France, j'avais souvent
assisté au lever d'une jolie femme; mais
quel bonheur inespéré de voir au mien
une aimable comtesse » !

MILITA.

Mon cher Fitz-Allan, si j'avais, comme
vous, la manie des complimens, je loue-
rais votre politesse à vous ensevelir avec
moi, au fond d'une province, vous qui
êtes si épris des agrémens de la ville, et
qui avez une si grande antipathie pour
les champs et l'ennuyeuse monotonie
qui y règne.

FITZ-ALLAN.

Pour jouir d'une telle fête, je vous

aurais accompagnée jusqu'aux frontiè-
res de la Chine, jusqu'aux montagnes
du Thibet. Votre altesse saura que la
comtesse eut la bonté de m'inviter à
aller à Séningal, pour y voir célébrer
l'anniversaire de la naissance de sa bisaïeule. Jamais je n'ai vu de spectacle
aussi touchant. Moi, qui avais été témoin de la mort successive, je ne dirai
pas de mes enfans, mais du moins de
mes héritiers, combien je fus ému en
voyant une vénérable trisaïeule à la tête
de sa nombreuse postérité, soutenue
par ses trois fils, tandis que ses filles
lui présentaient, l'une après l'autre,
leurs enfans! Ses petites-filles lui pré-
sentèrent également les leurs, suivies
de quelques-unes de ses arrière-petites-
filles, avec les fruits de leur fécondité
encore à la mamelle. Une seule d'entre
les secondes, qui depuis plusieurs années
avait reçu la ceinture verte, parut sans
enfant. Son air triste et désolé la faisait
ressembler à un tronc stérile au milieu

des ceps florissans d'une vigne produc-
tive. Quel triomphe pour l'ancienne
matriarche, de voir les nombreux ré-
jetons qui l'environnaient! Plus de cinquante personnes, toutes issues de son
sang, furent admises au festin. A sa
droite, était placé l'aîné de ses fils,
guerrier blanchi sous le casque, qui ra-
contait à ses petits-neveux les exploits
qui avaient signalé la guerre contre les
Perses, tandis que le fils de sa sœur,
invalide à la fleur de l'âge, et couvert
de cicatrices honorables, soupirait à la
vue de ses béquilles, et promettait à un
de ses neveux son épée rongée par la
rouille et suspendue aux murs de la salle
maternelle.

FIRNOS.

C'en est assez, mon cher Fitz-Allan,
vos descriptions ne font que redoubler
mes regrets. Ma famille ne vous aurait
pas offert un spectacle moins intéres-
sant, si ma mère, votre ancienne amie,

était de retour, si on avait pu découvrir ma sœur Osva. Alors, de quel bonheur, parmi nous, je vous aurais rendu
le témoin à Virnapore ! J'espère y retourner dans peu, et si vous ne vous
refusez pas à mon invitation, avec quel
plaisir la Samorina accueillera dans son
palais l'ami de sa sœur ! Et vous, ma
chère Milita, quoique je sois devenu
indifférent à vos yeux, vous ne ferez
du moins aucune difficulté d'y accompagner mon heureux rival.

Les deux amans promettent de se
rendre aux désirs du prince.

—————

LIVRE IX.

ARGUMENT.

La princesse Osva retrouvée par Fitz-Allan. Réjouissances publiques pour célébrer cet heureux événement. Expédition contre les musulmans. Abas, prince de Candahar, et Ibrahim, eunuque noir, sauvés par le baron de Naldor. Anglaise enfermée dans le harem de Candahar. Chanson malabaraise.

CAMILLA cependant avait réuni sur elle tous les suffrages à Virnapore. La mort miraculeuse de la Samorina l'avait rendue le sujet de toutes les conversations, dans le Malabar. Elle ne pouvait sortir, sans être saluée par des acclamations. Tous les yeux la suivaient, lorsqu'elle se rendait au lever de l'empereur. Elle faisait l'admiration de la cour, et était l'idole du peuple. Quand elle parlait, tout le monde était frappé de l'intelligence et de l'esprit d'une per-

sonne si jeune , et charmé de la modestie d'une personne si spirituelle ; car
la modestie est une vertu chérie des
Nairs ; la vraie, et non la fausse modestie, non celle qui, fille du préjugé,
rougit de tout ce qui tient à l'humanité ,
mais la compagne fidèle de la charité et
de la bienveillance , celle enfin qui évite
de blesser la sensibilité d'autrui , par
le fastueux étalage de sa supériorité
propre.

Combien de fois le doux son de sa
voix avait-il tiré le Samorin d'une rêverie dans laquelle il ne s'occupait que
de sa sœur ! L'inconsolable souverain
fixait Camilla, et puis tournait les yeux ,
en soupirant , sur le portrait d'Agalva.

Enfin Firnos, accompagné des deux
dames, arrive à Virnapore, et présente
à son oncle, qui peut à peine en croire
ses yeux, Fitz − Allan, l'aimable ami
d'Agalva. La surprise ne lui permet d'a-
bord, ni de parler, ni de le féliciter de son
heureuse arrivée sous le toit maternel.

3

Quelle était extraordinaire et inatten-
due à Virnapore, l'apparition de Fitz-
Allan, de ce même Fitz - Allan, chez
qui la petite Osva avait été perdue ! —
Et Osva, lui demanda le prince avec
vivacité, en saisissant sa main, est-elle retrouvée ? l'avez-vous amenée avec vous ?
Fitz-Allan hésita. Il ne savait que répondre. L'embarras et la confusion se
peignirent dans tous ses traits, et son
émotion égala celle de son auguste hôte.

L'empereur se remit le premier, et
assura l'Européen que les éloges que lui
donnait dans ses mémoires la malheureuse Agalva, lui avaient obtenu d'a-
vance la bienveillance de toute la cour
de Calicut, quoique l'on n'eût jamais
espéré pouvoir lui rendre les politesses
dont il avait comblé sa sœur à Château-
Allan. — Hélas ! je ne me rappellerai
jamais son fatal séjour chez vous, sans
amertume. Mais on ne peut vous imputer la perte d'Osva, vous ne pouviez prévoir ce désastreux événement.

Fitz-Allan qui ne perdait jamais l'occasion de faire un compliment, s'empressait d'exalter la justice du prince, lorsque les acclamations de la multitude attirèrent la compagnie aux fenêtres. Camilla, à la tête des jeunes gens de la cour, revenait de la chasse. Fitz-Allan eut à peine fixé l'Anglaise, qu'il changea de couleur. Ses genoux se dérobèrent sous lui, et il tomba sans connaissance sur le parquet.

L'empereur qui était debout à ses côtés, ne put prévenir sa chute. Les courtisans volèrent à son secours. On le mit au lit et on attribua son accident à la chaleur du jour; mais il resta plongé dans la tristesse et dans une rêverie profonde.

L'empereur et son neveu lui firent une visite; mais il parla peu, et son esprit parut absorbé par quelque violent chagrin. Il garda la chambre toute la journée, et la nuit suivante, on l'entendit se promener à grands pas, en

4

faisant des monologues ; l'aurore le trouva dans cette situation : ainsi, quand le prince vint demander des nouvelles de sa santé, il était encore dans les bras du sommeil.

Camilla ayant voulu l'accompagner dans cette visite, ils s'assirent tous les deux pour attendre son réveil. Fitz-Allan leur parut tourmenté par quelque songe terrible ; la sueur sur le front, agité par des convulsions, il se jetait tantôt d'un côté, tantôt de l'autre ; enfin il tressaillit, et se précipita nt à bas de son lit : « A l'aide, à l'aide, s'écria-t-il, secourez-la, elle va se noyer ». A ces mots, il saisit Camilla par le milieu du corps et l'emporta jusqu'au milieu de la chambre où, les forces lui manquant, il la laissa tomber, et en tombant lui-même, sa chute le réveilla.

Firnos l'ayant remis sur son lit, il ouvrit les yeux ; et à la vue de Camilla, il s'évanouit, en criant avec effroi : « Le spectre ! le spectre » ! Camilla courut chercher du secours, mais Fitz-Allan ayant bientôt repris ses sens, demanda qu'on le laissât seul avec le jeune prince à qui il parla en ces termes :

« Quoique j'aye à craindre de vous donner une mauvaise opinion de mon cœur ou de mon esprit, un avertissement supérieur m'oblige de vous dévoiler un mystère de la dernière importance pour votre famille. Depuis hier, mon âme n'a cessé d'être en proie à des sentimens que je ne saurais exprimer. J'ai toujours eu plus de penchant au scepticisme qu'à la crédulité, quoique je désirasse éviter également ces deux écueils. J'avais toujours regardé l'existence des revenans, comme un vain épouvantail d'enfans ; mais depuis mon arrivée ici, deux fois il m'en est apparu un qui a mis en défaut tous mes principes. Hélas ! je suis réduit à être soupçonné par vous d'extravagance ; mais la justice ne vous permettra pas de m'accuser d'aucune bas-

5

sesse préméditée, et vous conviendrez
que je suis absolument innocent des
suites malheureuses que la défiance de
votre mère a eues pour votre famille.

» Les mémoires de la princesse vous
ont retracé la confusion qui se mit dans
Château-Allan, à la perte de votre petite sœur. Toutes nos conjectures,
toutes nos recherches n'avaient eu aucun succès, lorsqu'au bout de treize
ans, je reçus cette lettre d'un ancien
domestique de notre maison:

« Monsieur, mon très-honoré maître,

» Daignez excuser la franchise qui
règne du commencement à la fin de
cette lettre. Vous vous rappellerez que
le vieil ours, comme vous me fîtes
l'honneur de me nommer dans votre enfance, ne fut jamais un grand compli-
menteur, et maintenant que je suis plus
avancé en âge, je suis devenu plus ours
que je ne l'étais alors ; d'ailleurs je suis
aujourd'hui dispensé de toute adulation

envers vous. Jamais je n'eus part à vos
bonnes grâces ; et, à dire le vrai, je me
souciais fort peu de les mériter ; je pas-
sais des heures entières, assis dans la
longue galerie des portraits de vos ancêtres, occupé à les contempler. A la
vue de celui de mon jeune maître, je
me disais : —Ce garçon-là n'a ni le nez,
ni les yeux de sa famille ; à qui appar-
tient-il donc, ce petit bambin qui a an-
ticipé de deux mois son entrée naturelle
dans ce monde ? je connais des droits
plus sacrés que les siens au nom et à la
fortune des Fitz-Allan ; mais, quoique
je n'aye aucun intérêt à vous compli-
menter, monsieur, et que je ne puisse
vous souffrir, mon intention n'est cependant pas de vous insulter.

» Celui qui avait de si justes préten-
tions à tout ce que vous possédez, a
cessé d'être. Hélas ! il a terminé par
une mort honteuse la vie la plus déplorable. Je ne l'appellerai pas votre frère,
quoiqu'il fût le fils de feu mon maître,

6

à qui il ressemblait d'une manière frap-
pante. Vous vous rappellerez sans doute
l'enfant trouvé, à qui on permettait de
jouer avec vos petits frères : pour vous,
vous étiez trop âgé. On le vit, pendant
long-temps, l'humble camarade de vos
cadets ; lui, le servile complaisant d'une
race supposée ! lui, étranger dans la maison de ses pères !

» A la mort de mon maître, il fut
renvoyé et abandonné sur le théâtre du
monde, sans ami, sans moyens, sans
asyle où il pût reposer sa tête. Vous
prîtes un nouvel intendant ; milord B...
m'appela à son service ; de mes propres
épargnes, je soutins ce jeune homme
isolé : je réunis tous mes efforts pour
lui procurer une place de commis, dans
quelque bureau public. J'aurais bien
désiré de le faire entrer chez quelque
gentilhomme, en qualité de secrétaire ;
mais son éducation avait été si négligée,
qu'à peine il savait écrire. Je bornai
donc tous mes soins à le placer quelque

part comme valet-de-chambre , mais
enfin il fut réduit à n'être qu'un simple
domestique. Le noble sang des Fitz-
Allan coulait dans ses veines ; cependant
il fallut qu'il portât la livrée.

» Il prit fantaisie à sa maîtresse de
jouer le rôle de la femme de Putiphar.
Malheureusement, ou la dame était plus
belle , ou le jeune homme était d'une
complexion plus ardente que Joseph ;
il fut surpris entre ses bras et pour-
suivi en justice ! ayant été condamné
à une amende de quatre mille livres
sterlings , cette sentence le conduisit
dans les horreurs d'une prison perpé-
tuelle ».

Quoi ! s'écria Firnos en cet endroit ,
une amende aussi énorme , imposée à
un homme de livrée , en Angleterre ,
dans un pays de la liberté ?

« Incapable de la payer , on le jeta
dans les fers. Sa mère , ma pauvre
sœur (vous vous souviendrez peut-
être de Nanny Perkins qui fut si long-

temps femme-de-chambre de madame
votre mère, qu'elle consentit même à
servir sans gages), en mourut de douleur. Au lit de la mort, elle me fit
promettre de ne point abandonner mon
neveu, quoique son propre père l'eût
livré à la mendicité.

» Je résolus de tout sacrifier, pour
lui rendre la liberté. J'avais chéri ma
sœur, et j'aimais son fils. Le lord, mon
maître, m'ayant confié une grosse somme d'argent, j'abusai de sa confiance ;
que le ciel me le pardonne ! ce crime
est le premier que j'aye jamais commis :
j'employai cet argent à payer l'amende
de mon neveu, et à briser ses chaînes.
Mon vol ayant été bientôt découvert,
on m'intenta une accusation capitale ;
mais monseigneur qui était la bonté
même, ayant appris par quel motif je
l'avais volé, s'intéressa en ma faveur
auprès du juge, et j'en fus quitte pour
les galères.

» La longue détention de mon ne-

veu avait altéré tous ses principes ; mais
son cœur fut à l'épreuve de l'ingratitude. Nous avions changé de position ; lui, en liberté ; moi, en prison ;
mais il ne s'éloigna jamais de mon voisinage : il travaillait jour et nuit, pour
me procurer les secours que nécessi-
tait mon état ; et c'est de lui bien plus
que de moi-même qu'on aurait pu dire :
— Il travaille comme un galérien.

» Un soir, vers la brune, au moyen
d'une fausse clef, il entra dans ma prison,
et détacha mes fers : —Point de question,
me dit-il, nous n'avons pas un instant
à perdre ; allons , partons. Certes , je
n'avais pas besoin d'être excité à prendre la fuite.

» Peu de temps après, j'appris,
monsieur, que vous veniez de congédier
un de vos domestiques. Je révélai à mon
neveu le nom de son père, et l'exhortai
à rechercher cette place. Vengeance !
m'écriai-je ! toi, le véritable Fitz-Allan,
celui qui a envahi ton héritage est cocu,

de même que feu mon maître ; sa femme a un goût décidé pour la livrée ; va, insinue-toi dans ses bonnes grâces ; va remettre les œufs dans leur propre nid.

» Quoi ! me répondit-il, si je suis vraiment un Fitz-Allan, je ne me montrerais pas digne de mes ancêtres ! Quoi! je porterais sur le bouton ou sur la manche ces armoiries qui devraient décorer mes équipages, ou briller sur mon buffet! Non, ma maison s'est toujours distinguée par l'audace, et un sang trop généreux coule dans mes veines, pour que j'aye bassement recours à la ruse. Je me suis toujours flatté d'être d'une maison illustre ; car je n'ai jamais pu fléchir devant mes supérieurs. En prison, je me suis lié avec une société de braves, et vous voyez en moi un chef de brigands.

» Alors il m'apprit qu'il m'avait rendu à la liberté, en corrompant le geolier au moyen d'une bague qui lui était échue en partage, après une de

leurs expéditions. Je ne m'étendrai
point sur toutes les représentations que
je lui fis, ni sur les argumens dont il
se servit, pour m'attacher à la bande
qu'il commandait. Je ne vous écris pas,
monsieur, pour solliciter votre bienveillance. Autrefois c'eût été une jouissance pour moi de vous faire tout le
mal possible; aujourd'hui je n'éprouve
pour vous aucun sentiment d'affection.
Mon neveu était un Fitz-Allan, et
Dieu seul sait qui fut votre père. N'ai-je
pas assez de raisons pour vous haïr? je
devins donc membre de cette associa-
tion illégale, et une de nos premières
entreprises fut formée contre Château-
Allan.

» Nous postâmes nos gens dans le
parc : à un signal convenu, ils devaient
se réunir à la porte. Mon neveu et moi
qui connaissions toutes les localités,
nous nous introduisîmes sur la brune
dans l'intérieur du château, sans avoir
été remarqués. En traversant une des

galeries, mon neveu tomba à genoux
devant le portrait de feu mon maître,
qu'il invoqua pour obtenir sa bénédiction et son approbation. Tout à coup
le vôtre vient frapper ses regards ; il
tressaille, un accès de frénésie le saisit,
et je pus à peine l'empêcher de l'arracher pour le fouler aux pieds. Alors
quelques pas s'étant fait entendre,
nous faillîmes être surpris ; enfin nous
gagnâmes une chambre que nous
prîmes pour celle de madame votre
épouse ; mon neveu se tapit sous le lit,
et moi derrière un énorme paravent
antique.

» Maintenant vous comprenez, et si
vous êtes susceptible de la moindre
sensibilité, votre cœur doit frémir, que
le jeune homme, surpris dans la chambre de cette dame (1), était fils, je ne
dirai pas de votre père, car qui pourrait nommer votre père ? mais de votre

---

(1) Tom. 11, liv. v de ce roman.

bienfaiteur, de celui à qui vous devez
votre nom, votre rang, votre fortune,
tout enfin, excepté votre existence. Je
ne vous reprocherai point d'avoir agi
avec la connaissance de tous ces détails.
Je ne vous crois pas capable d'une fé-
rocité réfléchie ; si vous aviez seulement
soupçonné le mystère de sa naissance,
sans doute vous lui eussiez accordé un
généreux pardon ; mais il désespérait
de jouer jamais un rôle honorable ; son
humiliante obscurité était pour lui un
poids accablant, la vie lui était à charge :
la même constance qui avait élevé les
vieux barons, ses aïeux, au rang des
héros, ne parut dans un brigand qu'une
obstination criminelle ; il se refusa à
tout interrogatoire, sourit dédaigneu-
sement au tribunal, et entendit sa sentence sans émotion.

» Etrange vicissitude des choses hu-
maines ! convaincu d'être rentré dans la
maison de ses ancêtres, on l'envoie à
la mort, dans les lieux qui l'ont vu

naître, dans ces lieux où, pendant tant
de siècles, avaient éclaté leur pouvoir,
leur magnificence, et je pourrais ajouter, leur bonté et leur bienfaisante hospitalité.

» Mais pour revenir à ce qui me regarde personnellement, aussitôt que la
dame dans la chambre de laquelle nous
étions cachés, eut attiré et enfermé
mon neveu dans son cabinet, elle courut éveiller toute la maison : je sortis de
ma retraite, et tâchai de le délivrer ;
mais la porte trop solide ne céda point
à mes efforts. Malheureux jeune homme ! il fallut donc t'abandonner à ta
funeste destinée ; mais cette femme qui
va causer ta mort, a laissé dans son
berceau un enfant endormi ; je la
croyais votre épouse ; et cet enfant je
dus aussi le croire à vous. Double vengeance à tirer, et de la mort qui menaçait mon neveu, et de l'usurpation de
son patrimoine. Je me saisis de l'innocente créature, et m'évadai par la

fenêtre. Ma chute fut heureuse, je ne
me fis aucun mal; et ayant donné le
signal de la retraite aux brigands qui
occupaient le parc, je pris la route de
France, et abordai avec l'enfant à Bou-
logne.

» Bientôt je conçus l'idée qu'il pourrait servir d'otage pour garantir la vie
de mon neveu. Je vous écrivis trois
lettres successives, en vous offrant
pour condition de son pardon la res-
titution de cet enfant ; vous ne m'ho-
norâtes d'aucune réponse. Peut-être ne
vous sont-elles pas parvenues. Peut-
être mon ignorance dans la langue
française, ne m'a-t-elle pas permis de
bien mettre leur adresse. Inquiet sur le
sort du jeune homme, je retournai en
Angleterre où j'appris sa fin déplorable,
et jurai de ne jamais vous rendre votre
enfant.

» La crainte de la police me forçant
à me tenir caché, j'errais de forêt en
forêt. Un jour je rencontrai dans celle

d'Epham, une Bohémienne qui creu-
sait un tombeau pour y déposer un
enfant dont elle regrettait la perte,
parce que ses cris excitaient la compassion, et lui attiraient des aumônes de
tout le voisinage. Eh bien! je lui offris
ma petite fille, qui m'était devenue à
charge, et la vieille sorcière l'accepta
avec reconnaissance.

» Je n'ai découvert que depuis peu,
monsieur, que cette enfant ne vous ap-
partenait pas, mais qu'elle était à une
dame étrangère, alors en visite au château. Le coup vous avait été destiné, à
vous à qui je portais une haine mor-
telle. La dame était bien la première
cause du malheur de mon neveu; mais
quand je réfléchis qu'elle n'a fait, en
cette circonstance, que ce que tout autre aurait fait à sa place, et quand je
juge du désespoir qu'a dû lui causer la
perte de son enfant, par le chagrin que
j'ai ressenti de la mort de mon neveu;
je suis disposé à mettre un terme à son

affliction, et à réparer, autant qu'il est
en moi, tous les maux que je lui ai
faits.

» En conséquence, j'espère, monsieur, que vous daignerez l'informer
que la vieille Bohémienne fait partie
d'une horde errante qui vient tous les
ans, au temps de la fenaison, à Bexsey,
dans le Kent, qu'elle porte une cicatrice
sur le front, qu'elle a perdu l'œil droit,
et qu'elle est connue dans tous les envi-
rons par le sobriquet de reine de Bohê-
me. Je forme des vœux bien sincères pour
le succès des recherches de la dame,
et que l'enfant perdu soit retrouvé. Ma
haine contre vous s'est un peu affaiblie
par le temps ; mais des fenêtres de votre
château, voyez l'endroit où fut dressée
la potence de mon neveu, et interro-
gez votre cœur, il vous dira si je puis
demander au ciel votre prospérité.

SAMUEL PERKINS ».

Eh bien! Osva, où est ma sœur Osva?

s'écria Firnos, qui ne pouvait plus maî-
triser son impatience.

« Hélas ! répondit Fitz-Allan, son
ombre m'est apparue. Permettez que je
finisse mon récit. Je partis sur-le-champ
pour le lieu désigné dans la lettre. Quelques recherches me firent découvrir
la vieille Bohémienne, près de laquelle
j'employai les promesses et les menaces. Enfin, je parvins à mon but.
Cette misérable avait volé à sa famille
une petite fille pour s'en servir dans
son état de mendiante, et mettre ensuite les parens à contribution, en exi-
geant d'eux, pour la leur rendre, une
grosse somme d'argent et l'impunité.
Cette enfant, à son grand regret, mourut
au bout de quelques mois, et la vieille
l'enterrait précisément lorsque Perkins
la rencontra dans la forêt, et lui abandonna votre petite sœur. Elle espérait,
après quelques années, restituer Osva
aux parens de la petite fille qu'elle venait de perdre, et son projet avait

réussi. Une somme considérable d'argent avait éié le prix de cette fourberie. Une dame de la famille trahie, ayant reçu une lettre anonyme, vint chercher la petite Osva qu'elle prenait pour sa nièce propre.

» Après cette confession, la vieille sorcière tomba à mes genoux. Je lui promis son pardon, pourvu qu'elle m'eût dit la vérité; et l'ayant fait partir sous escorte pour Château-Allan, j'allai, en attendant, visiter un de mes amis qui demeurait dans le voisinage de cette dame, espérant y acquérir de nouvelles lumières, avant de faire aucune démarche décisive.

» Il faisait une belle matinée du mois de novembre, lorsqu'à quelques milles de sa campagne, ma voiture fut arrêtée par une nombreuse troupe de chasseurs. A la vue de mon ami, qui était du nombre, je mis pied à terre, et monté sur un de ses chevaux, je me mis de la partie. L'attention générale était fixée sur une demoiselle qui suivait, ou plutôt qui guidait les chasseurs les plus déterminés à travers les passages les plus difficiles. Loin d'être en habit de chasse, elle n'avait qu'une robe de la mousseline la plus légère, et déchirée par les épines, au travers desquelles elle poussait sans ménagement son coursier. Son audace m'étonna, et malgré son adresse, elle me faisait trembler à chaque instant pour ses jours. Un jeune homme, à peu près de son âge, quoiqu'habile cavalier, fit d'inutiles efforts pour l'atteindre. L'examen de ses traits me convainquit que la vieille Bohémienne ne m'avait pas trompé. C'était Osya. Un air de famille à ne pouvoir s'y méprendre, même couleur de cheveux qui flottaient au gré du vent, mêmes traits, même teint, même feu dans les yeux, même expression dans toute sa physionomie, qui m'avaient charmé dans votre mère que j'avais tant regrettée. Mon ami me présenta à la jeune Amazone; mais pendant la chasse, rien ne put la distraire, elle était toujours à la tête de la meute.

» Enfin, le renard ayant été tué tout près de la maison de son tuteur, on invita tous les chasseurs à y dîner; mais à mesure que chaque convive entrait, ce même jeune homme lui dit à l'oreille : —Gardez-vous bien de dire que mademoiselle Harford a été de la chasse ce matin, car son oncle et sa tante seraient très-mécontens; ils croient qu'elle s'est occupée toute la matinée à sa broderie, avec sa gouvernante.

» En causant avec la tante pendant le dîner, elle me confirma que la demoiselle avait été volée et rendue par une Bohémienne. C'est dommage, ajouta-t-elle, qu'elle soit restée assez longtemps parmi ces vagabonds, pour en revenir absolument dépravée. C'est une espiègle accomplie; il n'y a pas de jours que je ne sois obligée de la punir pour quelque tour; je ne puis

jamais la fixer à son métier. Elle est
d'un bon naturel, tout le monde la
chérit; elle est passionnée pour la lecture, mais je ne cesse de lui saisir, entre les mains, des livres qu'une fille de
qualité devrait avoir honte de lire.

» Je consacrai la soirée à examiner la
nièce, et je trouvai que tous les reproches
de sa tante étaient autant d'éloges. Les
Anglaises ne pouvaient lui pardonner de
s'être affranchie des préjugés de son
sexe. Elle était spirituelle et même sa-
vante; les meilleurs écrivains lui étaient
familiers; elle brillait également par les
qualités de l'esprit et du corps. O Firnos! telle était votre sœur; si elle n'eût
point été Nairesse, elle aurait mérité de
l'être.

» Pourquoi me faire languir dans
une pénible attente? s'écria Firnos;
quel a donc été le sort de tant de perfections? Ma sœur réunissait de si rares
qualités, et elle est perdue! perdue à
jamais! Parlez, quelle a été sa destinée?

»—Hélas! trop déplorable. Ses parens putatifs résolurent de la marier à un homme qu'elle détestait, et assez âgé pour être son père. La veille de cette odieuse union, elle se noya, soit volontairement, soit par accident, en fuyant à la faveur de la nuit ses barbares persécuteurs.

» — Comment! vous connaissiez Osva, et vous souffrîtes l'imposture! vous permîtes à des étrangers de la tyranniser! Pendant que sa véritable famille pleurait sa perte, vous avez eu la bassesse, en présence de Naldor et de moi, d'affirmer que vous ignoriez absolument son sort! Fut-ce par méchanceté ou par lâcheté? Vous à qui les revenans inspirent une si ridicule terreur, allez, je ne sais lequel de ces deux sentimens, le mépris ou la haine, vous méritez le plus de ma part.

» Jeune homme, reprit Fitz-Allan, si je crains l'ombre des morts, du moins je ne crains pas les vivans. La crédulité

3

nefut jamais mon faible. Je vais d'abord
expliquer ma conduite, et ensuite ......
Je vous pardonnerai l'indiscrétion de
vos propos. Cependant mon cœur excuse et applaudit même un procédé, qu'un
gentilhomme ne saurait justifier, car je
me suis rendu coupable d'un mensonge,
et comme vous le dites avec raison, j'ai
favorisé une fourberie ; mais la famille
anglaise qui élevait Osva, en la croyant
de son sang, serait, plus que la vôtre,
en droit de se plaindre de mon silence,
tandis que je ne me proposais que le
bien de toutes les deux.

» Votre mère, par de bonnes raisons sans doute, se fit passer pour
Italienne, et voilà le fâcheux résultat
de cette atteinte, quoique très-inno-
cente en soi, portée à la vérité. Lorsqu'elle eut quitté l'Angleterre, je visitai
l'Italie, et à mon retour, je m'adressai
en italien à son cavalier ; il changea de
couleur, parut embarrassé, et ne sut
que répondre ; mais enfin, il eut re-

cours à cette misérable excuse, qu'il
avait fait vœu de ne pas parler italien:
quand l'Italie était le sujet de la conversation, je fus frappé de son ignorance sur tout ce qui y était relatif. Je
citai les noms de Roverbella et de Pellerini à quelques Italiens de ma connaissance, qui m'assurèrent que ces familles n'existaient pas à Florence; et
toutes les fois que j'invitais chez moi
quelques-uns de ces messieurs, je remarquai le soin extrême de Pellerini à
éviter la maison.

» Cette affectation me confirma dans
l'opinion que votre mère et son compagnon de voyage, quoique je ne
puisse concevoir pourquoi des personnes
qui affichaient tant d'opulence, ca-
chaient leur vraie condition, n'étaient,
pardonnez-moi le terme, que des aventuriers. Il est certain qu'Agalva était
une femme de mérite supérieur; mais
les aventuriers ne sont-ils pas trop souvent des gens extraordinaires? Le luxe

et le faste qui l'environnaient, pouvaient n'être qu'éphémères, et son sort
incertain : en conséquence, lorsque
je vis votre sœur héritière d'une famille riche , je résolus de ne pas désa-
buser ses parens prétendus, en leur ôtant
d'une illusion qui avait pour eux tant
de charmes. Ignorant que votre mère
fût princesse de l'Indostan, empire que
nous autres Européens ne connaissons
pas mieux que celui de la Lune, j'imaginai que ma chère marquise m'applau-
dirait de n'avoir point détruit la brillante
perspective de sa fille. Si Agalva m'eût
cru digne de sa confiance , je me serais
embarqué sur-le-champ avec Osva, pour
son pays maternel.

» Je me renfermai dans le silence;
et en rentrant chez moi, je remis la
Bohémienne en liberté. Je fus instruit
trop tard des mauvais traitemens qu'es-
suyait la pauvre fille. Je voyageais alors
sur le continent, et avant mon retour,
votre sœur était morte. Ce funeste évé-

nement avait même précédé de quelques mois la visite que vous me fîtes
à Londres, et en ce moment il eût été
inutile de vous dire la vérité. D'ailleurs,
puisque vous persistiez toujours à vous
donner pour Italien, quoique je susse
parfaitement le contraire, quels droits
aviez-vous à ma confiance ?

» Vous n'auriez jamais appris de moi
ces événemens qui ne pouvaient que rou-
vrir les plaies de votre cœur, si deux
fois le ciel ne m'en eût intimé l'ordre.
Votre sœur m'est apparue à cheval,
accompagnée de la jeune noblesse de
l'Indostan, qu'éclipsait la majesté rayonnant sur sa céleste figure, tandis
qu'une foule de spectateurs la célébrait
par des acclamations d'allégresse ; et si
jamais Osva eût paru dans son pays
maternel, elle eût mérité ces applaudis-
semens.

» Enfin, ce matin, en m'éveillant
d'un songe horrible dans lequel j'avais
vu votre sœur se noyer, son ombre

5

plaintive était assise sur cette chaise.
O Firnos ! je n'exige pas que vous
ajoutiez foi à ma déclaration ; le dogme
de la réalité des apparitions est si contraire à mes propres idées, que j'y crois
à peine moi-même ».

Comme il disait ces mots, la porte
s'ouvre; le Samorin et la jeune Anglaise
paraissent.

Fitz-Allan tressaillit; Osva ! Camilla !
le spectre !

Il est bien étrange, dit le jeune
prince, que Fitz-Allan prenne Camilla
pour l'ombre de ma sœur, et que cependant il l'appelle par son nom. L'in-
fortuné ! continua-t-il, en tirant à
part l'empereur; il a l'esprit aliéné, et
je le plains de tout mon cœur, quoiqu'il n'ait pas trop bien mérité de notre
famille. Il vient de me révéler une histoire qui portera la désolation dans
votre âme. Ma sœur a été vendue à
une Bohémienne, et revendue par elle
à une famille Anglaise, pour suppléer

l'enfant qu'elle avait perdu. Cette famille la maltraitant et voulant la marier contre son gré, le sang des Nairs
qui coulait dans ses veines se révolta
contre l'oppression : elle se précipita
dans une rivière où elle se noya.

« Non, s'écria l'oncle, elle vit : viens
dans mes bras, fille d'Agalva : ô ma
nièce, ta ressemblance avec cette sœur
chérie ne m'a pas trompé ». Sa joie lui
permit à peine de s'élancer à son cou ;
leurs larmes se confondirent.

Firnos qui l'avait toujours crue fille
de madame Montgomery, ne comprend
rien à ce qu'il voit, il est tout entier à la
surprise et à l'admiration ; Fitz-Allan ne
s'en rapporte pas au témoignage de ses
yeux, qui lui présentent Camilla Harford.

Cette nouvelle circule déjà dans le
palais. —Vive la fille d'Agalva ! vive
Osva Agalvina ! vive Osva, princesse de
l'Indostan ! s'écriait à l'envi la foule assemblée dans les cours. Ces acclamations
tirèrent Firnos de sa stupeur, et rap-

6

pelèrent l'oncle et la nièce au sentiment
de leur bonheur.

Osva alla chercher la petite Marina.
Quelle félicité pour cette tendre mère
de voir cette enfant dans les bras de sa
bonne, environnée d'une foule aimante,
passant de mains en mains, et caressée
à l'envi! Lorsque la mère parut, on se
pressa autour d'elle; on veut toucher
sa robe, on couvre ses mains de baisers, on embrasse ses genoux. — Ré-
jouis-toi, ô Malabar, tu ne passeras pas
sous un sceptre étranger! Qu'elle fleu-
risse à jamais la dynastie de Samora!
Qu'elle s'éternise par les descendans
d'Osva !

Osva rentra avec Marina, l'espoir de
l'Indostan; l'empereur saisit l'enfant et
la pressa contre son cœur.

Alors Firnos raconta à sa sœur comment la Bohémienne l'avait vendue à
madame Knigtley à la place de sa propre nièce. Osva, à son tour, apprit à
son frère de quelle manière elle s'était

échappée de Northeole-Parc , et avait
trouvé un asyle chez Marguerite
Montgomery. Ces événemens ont
évidemment été dirigés par la Pro-
vidence même. Ce fut Agalva qui
sauva la vie à l'enfant de Marguerite,
et Marguerite a été l'instrument dont
le ciel s'est servi pour rendre à
Agalva sa propre fille. Quelles ravissantes découvertes pour tous les deux !
Firnos n'avait pas seulement retrouvé
une sœur, mais il l'avait rencontrée
dans la même femme préférée par lui
à toutes les Anglaises qui lui avaient
inspiré de l'estime , et la spirituelle
amie de Marguerite Montgomery avait
cessé d'être une fille errante , cherchant un asyle chez des étrangers,
contre l'oppression de ses injustes parens. Elle n'était plus la triste victime
du barbare préjugé, mais citoyenne
d'un pays libre , princesse d'un sang
impérial , les délices de sa famille, l'i-
dole de la nation, descendante de Sé-

miramis, et fille de cette même Agalva qu'elle avait respectée avec un senti-ment qui tenait de la vénération.

La joie brilla dans tous les yeux, et dilata tous les cœurs; et dans les mo-mens où l'image d'Agalva ne se retra-çait point à son souvenir, le Samorin lui-même partageait le bonheur général.

Une proclamation convoqua tous les princes de l'empire, pour rendre leurs hommages à la mère de leurs futurs empereurs, et apprendre les circons-tances de son étonnante histoire. On fixa le jour de cette fête qui devait être telle qu'on n'en avait jamais vue depuis les temps de l'hospitalité féodale. Les tables de chêne fléchiront sous le poids des mets; la coupe d'or en fera le tour, et l'artillerie répercutera jusqu'aux cieux la santé d'Osva portée par les neveux des héros et les descendans des femmes libres.

Mais les signes de l'allégresse publique ne seront pas seulement les banquets

solennels , des concerts au palais, ni
des bœufs rôtis en entier pour régaler
le peuple et les étrangers , et les violons
qui animeront toutes les guinguettes du
Malabar. Non , les Nairs exprimeront
leur joie et leur reconnaissance d'une
manière plus noble, plus digne d'un
peuple de héros. Dans combien de so-
lennités catholiques n'a-t-on pas vu, pour
premiers ornemens d'une procession ,
non la mâchoire de saint Christophe,
ou le cotillon de la Sainte Vierge , mais
des rangs nombreux de malheureux
chrétiens que la piété de leurs frères
avait rachetés d'une longue et rude captivité en Barbarie ! C'est ainsi que, dans
l'Indostan , toute fête publique doit
s'embellir de la présence de quelques
femmes arrachées des affreux harems
de la Perse.

On était à la veille du jour des hommages; le canon du château avait salué
les braves qui revenaient de cette
expédition, lorsque la garde du palais

courut aux armes pour rendre les honneurs militaires au baron de Naldor et
à deux autres chevaliers qui, ayant de-
vancé leurs frères d'armes, mettaient
pied à terre dans la cour. Ils deman-
dèrent le grand-maître, et on les conduisit à la salle d'audience de l'empereur.

Le grand-maître avait quitté le rocher inaccessible qui, situé au milieu
de l'Indus, est le chef-lieu de son
ordre, et s'était rendu au Malabar,
pour féliciter le Samorin d'avoir retrouvé sa nièce. Après avoir répondu aux
complimens de ses chevaliers, leur chef
s'informa du succès de leur expédition,
dont le baron lui rendit compte en ces
termes :

« Votre altesse se rappelle le soir du
jour où nous aperçûmes, de notre rocher,
les bateaux de l'empire qui traversaient
l'Indus pour faire une invasion dans la
Perse. Quelle jouissance pour notre
ordre, que d'apprendre le motif de cette

entreprise! Avec quelle allégresse trois
cents chevaliers, en vertu de votre permission, s'associèrent à leurs concitoyens! Ayant débarqué sur la rive op-
posée, notre valeur, semblable à un
torrent qui se précipite des montagnes,
fit tout plier devant elle. Nous fûmes in-
vincibles. Les gardes de tous les sé-
rails tombèrent sous nos coups, et à
travers des flots de sang, nous par-
vînmes jusque dans leur intérieur, sur
les cadavres des eunuques égorgés. Les
timides musulmans prirent partout la
fuite devant nous. Enhardies par la réputation de notre nation, les femmes
se jetèrent dans nos bras. Malgré les
progrès rapides que nous avions faits
dans le pays, nous n'avions essuyé aucun échec : loin de s'affaiblir, notre
corps s'était même accru, car les femmes dont nous avions brisé les fers,
après s'être ranimées dans les embrassemens de leurs libérateurs, et avoir entendu nos chants de guerre, s'armèrent

d'un courage peu connu, et foulant
aux pieds les préjugés de leur pays, de-
vinrent autant d'héroïnes, pour soutenir notre cause. Elles s'opposèrent à
une retraite commandée par la prudence, et nous prièrent de faire partager
à quelques-unes de leurs parentes ou
de leurs amies, le même bonheur dont
elles jouissaient sous notre protection.

» Ayant un jour pris d'assaut le sérail d'un Mirza puissant, et la retraite
étant décidée pour le lendemain, tandis que nos confrères et les chefs de
l'armée goûtaient un doux repos sous
les auspices de l'amour, ces deux chevaliers et moi, qui n'avions arraché aucune victime à la tyrannie musulmane,
nous nous entretenions, dans le jardin,
de la mortification dont nous étions
menacés, lorsque les femmes de l'Indostan féliciteraient nos bandes victo-
rieuses, et que nous n'aurions aucune
part à leurs louanges. « Moi, surtout,
m'écriai-je, moi qu'Agalva honora de

son amitié, qui l'accompagnai en Angleterre, qui fus témoin de son désespoir, à l'enlèvement de la petite Osva,
paraîtrai-je donc sans lauriers à la fête
où on doit célébrer le bonheur de l'a-
voir retrouvée? Non, non, la mort
même serait préférable à un tel op-
probre ». Nous réveillâmes donc quelques guerriers, et nous les invitâmes
à nous seconder dans une entreprise
que consacrait leur religion, et en peu
d'heures, nous arrivâmes à Candahar,
dans la capitale même du sultan.

» Comme il eût été insensé de donner, avec une poignée de monde, l'a-
larme à la garde, nous nous bornâmes
à l'attaque de quelques harems particuliers, dans l'espoir de rejoindre la
grande armée, avant le retour de la lumière, avec les femmes que nous aurions
délivrées. Le sort fit prendre un autre
tour à nos projets. Nous rencontrâmes
dans le faubourg trois esclaves du sérail : s'ils criaient aux armes, nous

étions perdus ; nous prîmes donc le parti de les poignarder. Alors nous conçûmes l'idée hardie de pénétrer dans le palais, à la faveur de leurs habits. En effet, sous ce déguisement, la garde nous laisse passer ; nous traversons les cours et plusieurs salles ; un silence profond régnait partout, point d'autre bruit que celui de nos pas et du mot du guet des eunuques noirs qui, dans les galeries intérieures, faisaient leur troisième ronde.

» Nous nous avancions vers la porte du harem ; nous l'entendîmes ouvrir du dedans ; nous nous dérobons derrière une colonne ; deux muets sortent en traînant un eunuque noir, le fatal cordon au cou ; et au moment où ils allaient l'étrangler, nous quittons brusquement notre retraite, nous faisons main basse sur ces vils satellites, et l'eunuque tremblant est rendu à la vie. —O Hasan, s'écria-t-il, si tu veux réparer ta trahison, sauve le prince Abas ;

et si telle est la volonté du prophète,
que je meure! pourquoi me retenir dans
un monde où l'on n'éprouve que des
malheurs? — Téméraire, lui répondis-
je, es-tu bien sûr que le paradis s'em-
presse à te recevoir? Mahomet a-t-il un
restaurant pour la virilité, comme pour
la virginité de ses houris?

» Il lève les yeux et se voit entouré
d'étrangers. En peu de mots, nous lui
découvrîmes notre dessein. Il se prosterne et nous instruit de sa position.
Le sultan lui avait ordonné d'étrangler
tous ses frères, mais il avait sauvé le
plus jeune, en le cachant dans le faubourg. Notre arrivée l'avait soustrait
à la peine encourue par sa désobéissance, et les trois esclaves que nous ve-
nions d'immoler, avaient été envoyés
pour arracher le jeune prince de son
asyle. — Je sais, continua l'eunuque,
qu'il n'est, pour mes pareils, aucune grâce à espérer de vos guerriers;
je ne demande pas la vie, mais qu'il

me soit permis d'invoquer votre générosité en faveur d'Abas ; dérobez - le
aux fureurs du tyran, son frère.

» Nous dîmes à ce malheureux de
nous suivre, et repassant devant la
garde, sans être découverts, nous en-
levâmes le prince de sa retraite, rejoi-
gnîmes dans le faubourg nos guerriers inquiets, et reprîmes la route de
notre camps.

» Maintenant, seigneur, nous im-
plorons de votre altesse notre pardon,
pour nous être écartés en deux points,
des statuts de l'ordre, pour avoir conservé la vie à un musulman, au lieu
de mettre en liberté les femmes sou-
mises à un joug infâme ; l'avantage d'é-
lever un prince persan dans les principes des Nairs, et l'espoir qu'un frère
du sultan d'un empire si fécond en ré-
volutions, pourrait devenir, un jour,
un otage précieux duquel dépendrait
la délivrance d'une foule d'esclaves,
nous ont fait oublier notre devoir. Dai-

guez aussi couvrir de toute votre indulgence, notre désobéissance à cette
loi qui condamne impérieusement à la
mort tout eunuque pris dans un harem : mais la philanthropie qu'a mon-
trée celui-ci, cette vertu si rare dans l'o-
dieuse espèce à laquelle il appartient,
nous a déterminés à lui laisser la vie,
jusqu'à ce que votre altesse ait prononcé
sur son sort ».

Alors le grand-maître donna, d'un
ton solennel, aux chevaliers, l'absolu-
tion de leur désobéissance ; sans ce pardon, jamais ils n'eussent osé se présenter à la toilette de leurs fières con-
citoyennes ; aucune femme d'une âme
élevée n'eût voulu les admettre à sa
couche. Ensuite il fit gracieusement, de
leur courage, l'éloge qu'il méritait, et
les ayant félicités de leur heureux retour, il commanda qu'on amenât devant lui l'eunuque qui attendait en
tremblant dans l'antichambre.

Un enfant d'Abraham ne montra ja-

mais à Lisbonne plus de terreur ni de
lâcheté, en présence du grand-inqui-
siteur, que ce geolier des femmes du
sultan, à l'aspect du grand - maître.
Eperdu et consterné, ses genoux se
dérobèrent sous lui : au lieu de fléchir
par respect, il se prosterna le visage
dans la poussière ! il tenait les yeux
fixés sur le parquet ; enfin il osa les
lever, et découvrit que le grand-maître
n'était point fourchu, comme le peignent les bonzes orthodoxes de la
Perse.

Ce seigneur plein d'humanité l'accueillit avec bonté ; mais il ne put pas
l'engager à se lever, avant de lui avoir
accordé sa grâce dans les formes. « J'ai
vu, continua le chef de l'ordre, des
milliers de misérables de ta condition,
dont l'honneur ne gît que dans le comble de l'infamie, qui s'enorgueillissent
du plus vil emploi qui soit parmi les hu-
mains, qui sont méprisables par leur
fidélité même, qui est la seule de leurs

vertus, parce qu'ils y sont portés par
envie, par jalousie et par désespoir ;
qui, brûlant de se venger des deux sexes
dont ils sont le rebut, consentent à
être tyrannisés par le plus fort, pourvu qu'ils puissent désoler le plus faible ;
qui, tirant de leur imperfection, de
leur laideur et de leur difformité tout
l'éclat de leur condition, ne sont esti-
més que parce qu'ils sont indignes de
l'être ; qui enfin, rivés pour jamais à
la porte où ils sont attachés, et plus
durs que les gonds et les verroux qui
la tiennent, se vantent de cinquante
années de vie passées dans ce poste indigne, où, chargés de la jalousie de
leur maître, ils ont exercé toute leur
bassesse.

» J'ai immolé sans pitié ces êtres infâmes à mon devoir et à mon indignation, toutes les fois qu'il m'en est tombé
sous la main, dans mes invasions en
Perse. Mais vous dont les sentimens
sont aussi élevés que votre ministère

est bas, dont la conduite a été si noble et le cœur si généreux, sous le vil
costume d'esclave, qui êtes - vous?
Votre âme magnanime n'a-t-elle pas
déserté avec indignation de ce corps
informe? quel est donc le motif auquel
vous avez dû les sentimens héroïques
qui ont suspendu notre épée mena-
çante, et qui a fait, d'un eunuque,
l'objet de l'admiration des Naïrs? Privé
des priviléges de l'homme, vous en
avez conservé le plus noble caractère;
parlez, votre ennemi le plus invétéré
l'exige, expliquez-moi cet étrange contraste ».

Ces encouragemens mirent Ibrahim
plus à l'aise; entendant son éloge dans
la bouche de tous les spectateurs, il
triompha enfin de ses craintes, rompit
le silence et parla ainsi au grand-maître:

« Hélas! toutes les louanges que vous
daignez m'accorder, sont bien supérieures à mon mérite. Un long exercice de ma charge n'a pas endurci mon

cœur ; les glaces de l'âge, encore éloi-
gnées pour moi, n'ont pas éteint les
feux qui me dévorent. J'ai toujours
éprouvé de tendres sentimens , sans
pouvoir les faire partager ; ils me ren-
dent absolument malheureux. Tous les
eunuques ne méritent pas votre haine ,
il en est même plusieurs qui ont des
droits à votre compassion , mais hélas !
une compassion mêlée de mépris (1).
C'est l'âge seul qui nous rend propres
à être des tyrans. Quand les feux de
la jeunesse sont amortis , on jouit du
calme des passions , et les vieux eunuques peuvent regarder les femmes avec
indifférence, et leur rendre bien tous
les mépris et tous les tourmens qu'elles
leur ont fait souffrir. Ils se souviennent
toujours qu'ils redeviennent hommes
dans les occasions où ils leur comman-
dent encore. Ils peuvent les haïr, depuis qu'ils les envisagent de sang froid,

_____

(1) Lettres persanes, par Montesquieu.

M 2

et que la raison leur laisse voir toutes
leurs faiblesses. Quoiqu'ils les gardent
pour un autre, le plaisir de se faire
obéir leur donne une joie secrète. Ils
se trouvent dans le harem, comme
dans un petit empire, et l'ambition,
la seule passion qui leur reste, se sa-
tisfait un peu. Ils peuvent se créer des
amusemens, en contrariant leurs plus
innocens plaisirs, être inexorables à
leurs désirs les moins suspects, se hérisser de scrupules et de refus, et tirer
vanité de leur haine; car la haine des
femmes est pour eux un titre à la faveur de leurs maîtres. Les eunuques
à cheveux blancs puisent leur force
dans cette insensibilité; mais combien elle est étrangère aux jeunes! Ah!
que mes chagrins ont été dévorans,
depuis que mon maître forma le cruel
projet de me confier ses femmes, et
m'obligea par des séductions soutenues
de mille menaces, de me séparer à jamais de moi-même! Las de servir dans

les emplois les plus pénibles, je comp-
tai sacrifier mes passions à mon repos
et à ma fortune. Malheureux que j'é-
tais ! mon esprit préoccupé me faisait
voir le dédommagement, et non pas
la perte. J'espérais que je serais délivré
des atteintes de l'amour, par l'impuissance de le satisfaire. Hélas ! on éteignit
en moi l'effet des passions, sans en
éteindre la cause; et loin d'en être sou-
lagé, je me trouvai environné d'objets
qui les irritaient sans cesse ; j'entrai
dans le harem, où tout m'inspirait le
regret de ce que j'avais perdu ; je me
sentais animé à chaque instant ; mille
grâces naturelles semblaient ne se découvrir à ma vue que pour me désoler ;
pour comble de malheur, j'avais toujours
devant les yeux un homme heureux ;
dans ce temps de troubles, je n'ai jamais conduit une femme dans le lit de
mon maître, je ne l'ai jamais désha-
billée, que je ne sois rentré chez moi,

3

la rage dans le cœur et un affreux désespoir dans l'âme.

» Chargé d'ennuis et de chagrins, il
me les fallait dévorer; je n'avais de con-
fident que moi-même, car ces mêmes
femmes que j'étais tenté de regarder
avec des yeux si tendres, je ne les en-
visageais qu'avec des regards sévères;
j'étais perdu, si elles m'avaient pénétré : quel avantage n'en auraient-elles
pas pris! pour cacher le cœur d'un
amant, j'affectais l'air sourcilleux et
terrible d'un tyran.

» Ce n'est pas qu'à mon tour, je n'aye
eu un nombre infini de désagrémens.
Tous les jours, ces femmes vindica-
tives cherchaient à renchérir sur ceux
que je leur donnais. Elles ont eu
des revers terribles. Il y avait, entre
nous, comme un flux et reflux d'empire et de soumission; elles ont toujours fait tomber sur moi les emplois
les plus humilians, elles m'ont fait relever dix fois la nuit pour la moindre

bagatelle, j'ai été sans cesse accablé d'ordres, de commandemens et de caprices; on eût dit qu'elles se relayaient pour m'exercer, et que leurs fantaisies se succédaient. Souvent elles m'ont fait faire de fausses confidences, tantôt on venait me dire qu'il avait paru un jeune homme autour des murs du sérail, tantôt qu'on avait entendu du bruit, ou bien qu'on devait rendre une lettre. Tout cela devait me troubler; et elles riaient de mon trouble, elles étaient charmées de me voir me tourmenter ainsi moi - même. D'autres fois elles m'ont attaché derrière leur porte et m'y tenaient enchaîné nuit et jour, ou elles feignaient des maladies, des défaillances, des frayeurs. Elles n'ont jamais manqué de prétextes pour me mener au point où elles voulaient. Il fallait dans ces occasions, une obéissance aveugle, et une complaisance sans bornes. Si j'avais balancé à leur obéir, elles auraient été en droit de me châtier.

4

» Ce n'est pas tout, je n'ai jamais été
sûr un seul instant de la faveur de
mon maître. J'avais autant d'ennemies
dans son cœur, qui ne songeaient qu'à
me perdre. Elles avaient des quarts
d'heure où je n'étais point écouté, des
quarts d'heure où on ne leur refusait
rien, des quarts d'heure où j'avais toujours tort. Si je menais dans le lit de
mon maître une de ces femmes irri-
tées, j'avais tout à craindre de ses larmes, de ses soupirs, de ses embrassemens, et de ses plaisirs même; elle
était dans le lieu de son triomphe, ses
charmes me devenaient terribles, les
services présens effaçaient, dans un
moment, tous mes services passés, et
rien ne pouvait me répondre d'un
maître qui n'était plus à lui même.

» Combien de fois m'est-il arrivé de
me coucher dans la faveur, et de me
lever dans la disgrâce ! Un jour je man-
quai d'être indignement fouetté autour
du sérail ; qu'avais-je fait ? le dernier

sultan vivait encore, je laisse une femme
dans ses bras, il m'avait commandé
de leur distribuer à toutes quelques
perles ; et cette favorite s'étant mise
dans la tête que je lui avais destiné les
plus mauvaises, ne le vit pas plutôt
enflammé, qu'elle versa un torrent de
larmes ; elle se plaignit et ménagea si
bien ses plaintes, qu'elles augmentaient
en proportion de l'amour qu'elle faisait
naître. Je me vis à la veille d'être perdu,
lorsque je m'y attendais le moins. Je
fus mandé en présence du sultan, je
trouvai la perfide favorite assise sur le
lit, dont les coussins étaient épars dans
l'appartement ; mon maître voulut la
prendre entre ses bras, elle le repoussa ;
un vif incarnat colorait ses joues, et la
rendait encore plus belle. Son turban
était tombé dans la ruelle. Il essayait en
vain de lui ôter sa robe qui, presque
transparente, dessinait ses formes char-
mantes, et plusieurs déchirures, ré-
sultant de son impatiente ardeur, tra-

hissaient une peau plus blanche que
l'albâtre. Il la dévorait de ses yeux étin-
celans de volupté , et la couvrait de
baisers brûlans.

» Non , laisse-moi , lui dit-elle, en
redoublant d'efforts pour lui échapper ;
ou effectue à l'instant tes promesses.
La passion l'emporta sur son amour
pour la justice , et ayant donné le signal
terrible , des esclaves me terrassèrent
avec la promptitude de l'éclair , et
m'ayant arraché ma chaussure, allaient
me donner la plus cruelle baston-
nade, lorsqu'Alméide, mère du jeune
prince , se présenta. Je n'ai jamais
vu, seigneur, de femme qui pût lui
être comparée. Elle avait tant de dignité, et quelque chose de si impo-
sant, de si majestueux dans le regard,
que mon maître lui-même tremblait
comme un enfant en sa présence, et le
premier eunuque n'osait pas lever les
yeux jusqu'à elle. A la beauté des épou-
ses du prophète (et Dieu me pardonne,

elle en eût imposé à Mahomet même),
elle réunissait la plus grande bonté;
je vais vous en convaincre par un seul
trait.

» Le vieux sultan qui, dès sa première jeunesse, avait appris à ne voir,
dans les femmes du harem, que des
automates créés pour ses plaisirs, et
qu'il comblait d'honneur, en dai-
gnant les admettre à sa couche, était
réduit à recevoir, comme une grâce,
la moindre faveur d'Alméide, et à sup-
porter avec patience ses refus, ce qui
était bien extraordinaire dans un harem. La méchante favorite ne devait
sa hardiesse qu'aux exemples d'Alméide, dont, pour la première fois, elle
affectait la résistance. Mon maître ne
montrait plus d'empressement à ma
protectrice, non qu'il fût devenu indifférent à ses charmes dont il avait rarement joui, mais parce que, trop fier
pour lui demander ce qu'il croyait lui
être dû, il était en même temps trop

6

faible pour l'exiger. Votre altesse n'imagine pas sans doute que l'emploi d'un eunuque puisse être un poste honorable; cependant nous sommes une espèce de courtisans, et celui qui possède la faveur de son maître est exposé à la haine de tous ses égaux. Telle était ma position; et à la nouvelle qui se répandit rapidement de ma disgrâce, deux eunuques qui espéraient s'élever par ma chute, s'en félicitaient d'avance, lorsqu'Alméide les entendit.

» Je l'avais toujours traitée avec beaucoup d'égards, et elle en était très-reconnaissante. Ayant donc résolu de me sauver, elle vola à mon secours. Elle se jette sur un sofa. Sa gorge d'albâtre se découvre, les yeux du sultan s'enivrent de tant de charmes, et son imagination l'a déjà dépouillée de toute sa parure qui l'importune. Quel désespoir pour sa rivale! Le sultan se lève, la chasse à coups de pieds, et nous pousse à sa suite, moi et mes bourreaux. C'est ainsi que j'échappai à un traitement indigne, et le vieux radoteur revint à une fête, à laquelle l'invitait la pitié de ma protectrice, beaucoup plus que son amour.

» Peu de temps après, j'allai, par les ordres du sultan, à une foire voisine, pour y acheter deux jeunes Circassiennes, dont l'embonpoint, d'après la consultation d'un médecin juif, pût lui rendre le même service qu'avait autrefois reçu de la Sunamite le saint roi David : mais, à mon retour, je trouvai le bonhomme mort, et toutes ses femmes vendues par le sultan régnant; ainsi je n'ai jamais pu savoir quel a été le sort de la mère du jeune Abas.

» Lorsque nous apprîmes, à Candahar, la fin tragique du shah d'Ispahan, une des sultanes ne cessa de faire craindre au jeune sultan qu'une révolution semblable ne le précipitât du trône, et ne privât ses enfans de sa succession; et à force d'importunités, elle lui arracha l'ordre d'étrangler tous ses frères, et de marier ses sœurs avec des eunuques, ou à de vieux officiers de la cour, dont aucun n'était capable d'avoir des héritiers.

» Je n'avais pas oublié mes obligations envers ma généreuse bienfaitrice. Je résolus de sauver son enfant au péril de ma vie. De quelle terreur je fus saisi, lorsque le sultan demanda à voir les têtes de ses vingt-deux frères ! Heureusement il ne prit pas la peine de les compter : mais ma désobéissance fut enfin connue, et l'amour, passion dont vous ne me soupçonneriez pas, trahit mon secret. Ah ! je vois un sourire voltiger sur les lèvres de votre altesse, n'aggravez pas par vos mépris la douleur dont je suis depuis si long-temps pénétré.

» Un jour que je mettais une femme au bain, je m'enflammai au point que j'en perdis entièrement la raison, et j'osai porter la main dans un lieu re-

doutable ; je crus , à la première réflexion, que ce jour serait le dernier
de ma vie. J'eus cependant le bonheur
d'échapper à mille morts. Cette belle,
au lieu de m'immoler à sa vengeance,
m'invita à prendre avec elle d'autres
libertés; et tandis que tout le harem se
livrait au repos, elle me permettait de
me glisser dans son appartement : je
fus pendant plusieurs mois son amant
favorisé ».

Ici, les expressions d'un mécontentement général, à l'idée d'un amour aussi
désavoué par la nature, interrompirent
l'eunuque noir; mais bientôt il reprit
son récit.

« Ces mois trop rapidement écoulés,
furent l'époque la plus heureuse de ma
vie; je fus assez dupe pour croire que
j'étais aimé, lorsque ce n'était, hélas!
que l'absence d'un amant plus parfait
qui déterminait cette femme à souffrir
mes efforts: mais si la jalousie est une
preuve de l'amour, je ne lui étais pas

absolument indifférent. Ayant remarqué qu'à une certaine heure du jour, je
sortais ordinairement du harem, elle
jeta un bracelet à un esclave qui travaillait dans le jardin extérieur, et lui or-
donna d'épier mes démarches. Il me sui-
vit chez l'ami à qui j'avais confié le
jeune prince, et revint maître de mon
important secret.

» La nuit suivante, lorsque j'arrivai
au rendez-vous, ma belle prit un ton
de hauteur, me repoussa, me reprocha
la perte de ma virilité et me commanda
de lui amener l'esclave. Je fus interdit
de cet ordre, comme d'un coup de
foudre. Que pouvais-je faire ? j'avais les
larmes aux yeux, et la gorge desséchée
par une soif insupportable.

» Cependant ma vie et celle du jeune
Abas se trouvaient en leur pouvoir. A
quelle haine, à quelle jalousie je me li-
vrai contre ce vil esclave, à qui auparavant j'avais à peine daigné faire attention !
Je mordais le chevet de mon lit, de rage,

après avoir conduit l'objet de mon plus
profond mépris, dans les bras de celle
que j'aimais. J'avais perdu jusqu'à la
faculté de me plaindre; le chagrin et le
désespoir dévoraient mon cœur, et des
larmes amères inondaient mon visage.

» Comment peindre mes douloureu-
ses sensations? Toutes les nuits, j'étais
obligé de favoriser leurs amours: à l'arrivée de mon rival, elle s'élançait dans
ses bras, et les baisers qu'elle lui prodiguait, étaient pour moi autant de coups
de poignard; je perdis l'appétit; je négligeai les ordres de mon maître, et mes
compagnons prédirent la fin de ma faveur. Tous les jours je recevais quelque nouvelle réprimande; sans cesse je
levais le bras pour hâter le terme de
mes tourmens, mais l'espoir venait sus-
pendre mes coups; je me retirais dans
les lieux les plus solitaires du jardin,
pour y méditer quelque déclaration
d'amour. Je tombais aux pieds de mon
infidèle, et elle me redemandait mon

rival : je fuyais sa présence, et je parcourais le sérail comme un furieux. O
vous, musulmans! vous, vrais croyans!
qui vous a donc donné le droit de dégrader vos semblables, pour en faire les
instrumens de votre jalousie? Et toi,
Mahomet, divin prophète, est-ce bien
toi qui as organisé notre malheureuse
existence?

» Cependant un orage se formait sur
nos têtes. Ce commerce dont je n'étais
plus que le déplorable agent, fut découvert par une seconde favorite, qui le
révéla à une troisième, et toutes les
deux exigèrent, pour prix de leur discrétion, de partager les faveurs de
l'esclave: condition bien dure, mais
à laquelle la première fut obligée de
souscrire. Quoique, par cette situation
des choses, dont le cours m'entraînait
moi-même, ma vie fût dans un danger continuel, elles ne m'en traitaient
pas moins comme le rebut de la nature. Une nuit, malgré mes précau-

tions, leur gaîté franchissant toutes les
bornes, réveilla une quatrième favorite
qui couchait dans une chambre voisine;
et celle-ci voulut à son tour que l'esclave
se partageât encore en sa faveur; mais
ce misérable venait de s'épuiser avec les
trois autres : en vain la conjura - t - il
d'attendre jusqu'au lendemain, elle
regarda son impuissance comme un
affront fait à ses charmes, affront qui
ne trouva jamais grâce devant les femmes
d'un harem. Ses cris réveillèrent tout le
sérail : le sultan parut le cimeterre à la
main, trancha la tête à ces belles coupa-
bles, et allait également immoler leur
complice, lorsque ce vil esclave arrêta
son bras, par la promesse de lui révéler
ce qu'il appela un crime d'état. Alors il
lui fit connaître l'existence du jeune
prince, et fut dépêché avec deux autres
esclaves, pour l'arracher de son asyle.

» Le temps, ou peut-être une inclination nouvelle, ayant versé du baume
sur les plaies de mon cœur, je me pro-

menais dans un bosquet écarté du jardin,
en méditant sur ses charmes; la lune me
trahit, tout à coup deux muets se saisirent de moi, et le nœud fatal pressait
déjà mon cou, lorsque les trois noble
chevaliers, que je pris d'abord pour les
esclaves qui étaient allés chercher le
jeune prince, s'élancèrent de leur retraite, et me sauvèrent la vie ».

L'eunuque noir venait de terminer
son histoire, quand l'artillerie annonça
le cortége dont la musique guerrière
appela toute la société sur le balcon. Le
grand-maître pria un des chevaliers
de garder Ibrahim à vue, jusqu'à ce
qu'une proclamation eût fait connaître
au public les services signalés qu'il
avait rendus; car la haine nationale
contre les eunuques était si invétérée,
qu'il courait toujours le danger d'être
massacré par la populace.

On vit paraître, précédés des bannie-
res de la ville, les habitans du Malabar
et de l'Indostan, qui, en qualité de vo-

lontaires, avaient partagé la gloire et
les périls de cette expédition : cette
brave troupe portait le nom de *fils
des femmes libres*.

Venait ensuite une seconde division
composée de la noblesse de l'empire.
La pointe de leurs épées était ornée
des turbans des mahométans tombés
sous leurs coups. Cet illustre corps
était appelé les *neveux des héros*.

Ensuite s'avançaient les Naïrs qui
avaient reçu des blessures honorables,
couchés sur des litières où on avait
étendu les turbans des morts. Ils n'é-
taient pas portés par des esclaves, quoiqu'il y en eût un grand nombre, pour
ajouter à l'éclat de la solennité, mais
par leurs concitoyens, jaloux de leur
donner cette preuve publique de leur
satisfaction.

Le jeune Abas, prince de Candahar,
parut alors. Il était habillé à la persane. Deux de ces valeureux chevaliers, à qui il devait la vie, étaient à ses

côtés pour défendre ce petit musulman
des insultes du peuple. A sa suite un
candidat de l'ordre portait le grand
étendard du Phénix.

Cinquante chars de triomphe, traî-
nés par des étalons blancs comme la
neige, et pris dans les écuries impé-
riales, offrirent à l'admiration publique
les beautés délivrées des harems; beautés cachées jusque-là aux yeux de leurs
plus proches parens, et que les rayons
du soleil n'avaient jamais éclairées : mais
leurs voiles étaient déchirés, et conver-
tis en écharpes; ils flottaient aux côtés
de leurs généreux libérateurs qui, montés sur des coursiers persans, escor-
taient leurs équipages, au bruit des acclamations d'une foule immense, eni-
vrée de joie. Ces coursiers eux-mêmes
paraissaient animés du même esprit
que leurs cavaliers; leurs crinières on-
doyantes s'élevaient sur leurs têtes su-
perbes, et du pied ils frappaient la
terre qui retentissait au loin.

La langue n'a point de termes, ni la
peinture de couleurs, pour exprimer la
surprise et l'étonnement de ces cap-
tives rendues à la liberté. Celui qui a
vu briser ses chaînes pourrait seul concevoir leur ravissement; elles avaient
gémi dans l'esclavage, elles étaient
libres et affranchies du joug de leurs
tyrans; le cœur d'une jeune veuve ne
goûta jamais une joie aussi vive.

Combien tous les objets qui s'of-
fraient à leurs regards, leur paraissaient nouveaux et merveilleux! dans
le mélange d'hommes et de femmes
qui remplissaient les rues, elles voyaient
la même femme parler successivement
à plusieurs hommes, et le même homme
saluer plusieurs femmes, sans qu'aucun
coup de poignard vînt les punir de leur
témérité. Calicut, quoiqu'elles eussent
passé par plusieurs villes de province,
depuis qu'elles avaient traversé l'Indus,
ne leur en parut pas moins étonnant.
Combien cette ville l'emporte sur toutes

celles de la Perse, où la jalousie a placé les
fénêtres de toutes les maisons dans les
cours intérieures, pour que le despotisme qu'on y exerce ne soit pas connu
des voisins, et où, en parcourant les
rues, l'étranger attristé croit voir deux
rangs de prisons! Les maisons de Calicut, au contraire, sont percées de
fenêtres nombreuses qui reçoivent le
jour de l'extérieur, et sont occupées,
dans ce moment, par des groupes
d'hommes et de femmes qui s'entre-
tiennent avec la même liberté que ceux
qui sont dans la rue. O houris! nous ne
vous envions plus les voluptés dont
nous, faibles mortelles, nous sommes
exclues; nous avons trouvé notre paradis sur la terre.

Ce jour était un jour de merveilles,
et leur surprise allait toujours crois-
sant. On annonça que le magnifique
banquet était servi, et le maître des cé-
rémonies vint les y inviter. Quelle charmante idée! quelle nouvelle scène! On

les plaça chacune à côté de son valeureux défenseur. Cette galante familia-
rité est inconnue dans les harems. Là,
les deux sexes ne mangent jamais ensemble. La femme avilie par la tyrannie
n'ose s'y asseoir à la même table que
l'homme, son seigneur et maître; mais
ici, plus de ces titres orgueilleux que
réprouve la nature. Elles sont sous la
sauve - garde de la justice nairaise;
elles ont pour garant de leurs droits, le
courage du Phénix.

La contrainte ne régnait pas à ce festin, cependant elles manquaient d'appétit. Le ravissement suspendait en elles
toute faculté, mais elles dévoraient des
yeux tous les convives.

Les violons ayant donné le signal,
on sortit de table, et le bal s'ouvrit:
mais quel contraste entre la danse nairaise et la danse persane! mille fois,
ces jeunes beautés avaient déployé toutes les perfections de cet art enchanteur, en présence de leur superbe

III.   N

maître qui, la pipe à la bouche, et
nonchalamment appuyé sur des coussins voluptueux, était à moitié endormi ; en vain elles s'efforçaient par
leurs attitudes lubriques, d'exprimer
les feux qui les consumaient, une
seule pouvait obtenir l'honneur du
mouchoir ; et cette faveur, trop passa-
gère pour éteindre les flammes de la
favorite, donnait une activité plus terrible à celles de ses rivales : mais maintenant c'est la liberté qui les invite à ses
danses ; ce n'est plus un hommage servile qu'un despote hautain daigne accepter d'elles, ni un amusement frivole
qu'il aurait cru indigne de sa majesté
de partager (1). Ici la danse fait les délices des deux sexes qui, rassemblés
sous les auspices de l'égalité, et jaloux
de se plaire l'un à l'autre, en réunis-
saient tous les moyens. Ici, la danse

---

(1) Mémoires du baron de Tott.

est le prélude ordinaire d'une liaison plus intime.

Quel plaisir brillait dans tous les yeux ! quelle vivacité animait tous les mouvemens ! avec quel empressement les belles Persanes se rendaient à l'invitation d'un nouveau partner ! avec quelle satisfaction elles revenaient au premier ! Elles manquaient d'abord de grâces, mais leur action devait bientôt atteindre à la perfection, et chaque tour accélérait leurs progrès dans la valse qui leur avait été jusqu'alors entièrement inconnue.

Le jeune musulman, étonné qu'un homme pût se dégrader jusqu'à danser, se promenait dans le salon, en laissant éclater son mépris. Le hasard conduisit Osva près de lui, et quelqu'un qui, par curiosité ou par bonté, avait lié conversation avec lui, la lui montra comme une princesse du sang impérial. Tout à coup Abas tressaillit et s'éloigna avec la plus grande célérité.

N 2

On envoya, pour le ramener, un domestique qui l'atteignit dans la cour
du palais, mais ne put l'engager à revenir. Enfin l'eunuque, qui s'était retiré
dans l'appartement du grand-maître,
s'étant rendu auprès de lui, le détermina à rentrer au salon.

Ibrahim expliqua ainsi les motifs de
sa fuite. « L'été dernier, dit-il, nous
transportio s les femmes du sultan au
palais de campagne où la cour devait
passer le temps des chaleurs ; des esclaves avaient donné au peuple le signal de la retraite ; au passage d'une
rivière, elles quittèrent leurs litières, et
on les mettait, selon la coutume, dans
des boîtes, lorsq'Arbas, sorti déguisé
de chez l'ami où je lui avais procuré un
asyle, parut, pour son malheur, sur la
rive. On le saisit, et peu s'en fallut qu'il
n'expirât sous les coups, en punition
de sa témérité. Depuis cet accident, il
a toujours été frappé de terreur à l'approche d'une princesse ; et à la vue d'Os-

va , il a oublié qu'il était dans un pays
libre ; car si la rencontre fortuite des
boîtes qui renfermaient les concubines
des sultans , méritait un châtiment si
rigoureux , de quels tourmens ne devrait pas être punie la hardiesse de celui qui aurait osé fixer ses regards in-
discrets sur une princesse dévoilée » !

Toute l'assemblée sourit à ce récit ,
et le jeune prince était à peine revenu
de sa frayeur, qu'Osva eut la malice de
mettre le comble à son embarras, en
l'embrassant au milieu du salon ; et
comme Abas était joli garçon , il prit
fantaisie à plusieurs dames de suivre
cet exemple.

Cependant le bal continuait , mais
un nouvel accident , né de la même
source , la servitude des mahométanes ,
vint encore l'interrompre. Raïde avait
été long-temps l'ornement inutile d'un
harem, et gardée plutôt par vanité que
pour faire le bonheur de son maître.
Moins utile que le trésor d'un avare ,

puisque l'avare goûte une espèce de
plaisir à contempler son or, Raïde,
confondue dans la foule de ses rivales,
n'avait jamais été appelée en présence
du sultan. Elle était comme une fleur
dans un jardin bien cultivé, mais le
propriétaire blasé la négligeait ; et ainsi
que la rose du désert, son parfum semblait destiné à s'évaporer loin des ama-
teurs. Au lieu d'être heureuse elle-même,
elle n'avait pas même eu la satisfaction
de concourir au bonheur d'un autre.
Quelle insupportable situation ! consu-
mée d'un feu secret, elle ne concevait pas
qu'il existât dans la nature des moyens de
l'éteindre. Sa simplicité lui persuadait
qu'elle était enchantée, et des amulettes
composées des passages les plus célè-
bres du koran, attachées autour de ses
bras, et appliquées sur son cœur agité,
ne lui avaient procuré aucun soulage-
ment. Languissante et minée par un mal
d'autant plus désespérant qu'elle n'en
connaissait pas le genre, tel était son

cruel état, lorsque l'armée des Nairs attaqua le sérail. On brisa les grilles et les verroux. Les portes d'airain tombèrent sous les efforts des assaillans. Un chevalier du Phénix vint, vit et vainquit. Il lui rendit sa liberté ; elle en reconnut le bienfait par le don de son cœur. Cet aimable magicien l'avait désenchantée ; et en ce moment, jouissant d'une santé parfaite, elle partageait avec lui les plaisirs de la danse. De quels délicieux sentimens elle était alors pénétrée! Autrefois, quoique sérieusement malade, il ne lui avait été permis de présenter que par une ouverture pratiquée dans un rideau, sa langue et sa main à l'examen d'un médecin : maintenant elle se trouvait dans les bras de l'homme qu'elle aimait ; elle respirait son souffle ; elle sentait les palpitations de son cœur ; toutes ses sensations étaient une espèce de délire.

En faisant un tour de valse, son amant lui sourit, et la timidité per-

sane lui ayant fait détourner ses yeux
humides des larmes du plaisir , la présence d'Ibrahim qu'elle aperçut , la
frappa, comme si l'ange noir de la mort
venait l'arracher du paradis. Elle changea de couleur ; un froid mortel glaça
tous ses traits , et l'empressement de
son chevalier l'empêcha à peine de tomber. On la transporta sur un siége ; on
lui prodigua tous les soins ; on la fit revenir à elle - même. Ayant ouvert les
yeux : —L'eunuque ! l'eunuque ! défen-
dez-moi ; je suis perdue ! s'écria t-elle,
en serrant étroitement son chevalier.
Ce généreux protecteur l'ayant ras-
surée , elle se moqua bientôt de sa faiblesse , qui n'était en elle que l'effet de
l'habitude , et se remit à danser.

Cependant les spectateurs murmu-
raient si hautement, dans les tribunes,
contre le malheureux Ibrahim , qu'on
lui conseilla de se retirer. La princesse
Osva et le grand-maître , satisfaits de
pouvoir lui donner un témoignage pu-

blic de leur faveur, le conduisirent dans un appartement voisin, où ils eurent ensemble la conversation suivante :

LE GRAND-MAÎTRE.

Je voudrais bien, mon ami, vous offrir un asyle où vous puissiez passer des jours tranquilles, car vous devez renoncer au bonheur. Que la vengeance divine éclate sur les barbares qui ont ainsi mutilé les plus parfaits ouvrages du créateur! Vous avez, à notre estime, les droits les plus étendus, mais je crains pour vous la haine implacable de nos concitoyens contre votre malheureuse espèce.

IBRAHIM.

Hélas! je pourrais végéter ici ou partout ailleurs, mais ce n'est qu'en Angleterre que je puis espérer de vivre; je voudrais y acheter une femme, et je ferais la plus douce étude de ma vie de la rendre heureuse. Son harem aurait

5

des lambris dorés, elle marcherait sur
des tapis magnifiques, les vers de Da-
mas fileraient ses robes ; les perles les
plus fines de l'Arabie orneraient son
cou, et les plus beaux diamans de Gol-
conde brilleraient à ses oreilles et à son
nez ; les parfums les plus exquis de la
rose composeraient ses bains, et le riz
le plus sain serait sa nourriture ; des
esclaves danseraient devant elle pour
l'amuser, ou l'endormiraient par la mélodie de leurs chants ; enfin toutes mes
richesses (car j'ai amassé quelques tré-
sors) seraient consacrées à ses plaisirs.
Oh ! de quel bonheur je jouirais avec
une Anglaise ! Je ne la ferais jamais
fouetter ; jamais je ne l'enfermerais
dans l'appartement noir ; je ne lui in-
terdirais jamais les habits de fête, et
jamais je ne l'enverrais coucher sans
avoir soupé.

OSVA.

En vérité, les femmes de mon pays

vous seraient infiniment redevables de tous ces honnêtes procédés. Peut-être ignorez-vous que je suis née en Angleterre ?

IBRAHIM.

En Angleterre ! Ah ! dites-moi donc à quelle distance nous en sommes, et combien il y a d'ici de journées de marche ?

OSVA.

Mais, l'Angleterre est une île.

IBRAHIM.

Eh bien ! quel espace de temps faudrait-il à un chameau pour y arriver ?

OSVA.

Je viens de vous dire que l'Angleterre était une île.

IBRAHIM.

Cela est fort bien. A combien de jours de marche ?

OSVA.

On ne peut y aller que par eau.

IBRAHIM.

Oh ! je déteste la mer ; je préférerais de prendre un détour pour me rendre par terre dans cette île fameuse.

Osva sourit, et réfléchit sur l'ignorance qui devait abrutir une nation où l'éducation des personnes les plus distinguées est confiée à des eunuques, tandis qu'Ibrahim murmurait sourdement : « Il est bien étrange qu'une femme ne sache pas répondre à la question la plus simple » !

Cependant Osva avait été frappée de cette préférence singulière que l'eunuque accordait à l'Angleterre, et sa curiosité l'engagea à reprendre l'entretien.

OSVA.

Puisque vous avez tant d'envie de voir l'Angleterre, ma recommandation

pourrait vous y être utile. Y avez-vous
des amis ? connaissez-vous quelqu'Anglais ?

IBRAHIM.

Non, je n'ai jamais vu d'Anglais,
mais je connais une Anglaise ; et si toutes ses compatriotes lui ressemblent, je
ne serai de ma vie tenté de quitter l'Angleterre ; mais celle dont je parle n'y est
pas en ce moment, et probablement
n'y retournera jamais.

OSVA.

Où est-elle donc ?

IBRAHIM.

Elle est à Candahar, dans le sérail
du sultan. — Ecoutez ma déplorable
histoire. Votre regard exprime la plus
généreuse pitié, et le son de votre voix
annonce la sympathie du cœur ; vous
êtes de la même nation que ma bien-
aimée, vous gémirez sur les malheurs
d'un eunuque.

«Il y a quelques mois que le marchand qui a entrepris l'achat des esclaves pour notre harem, nous amena une Anglaise, et je reçus l'ordre de la mettre au bain et de la préparer à recevoir les caresses de mon maître. Elle me parut dans un état de stupeur absolue; ses yeux, chargés d'ennui, étaient fixés sur le parquet, ou se portaient machinalement sur les objets environnans; elle gardait un morne silence, mais sans exprimer la moindre satisfaction, ou m'opposer la plus faible résistance; elle me permit de la parer et de la parfumer à mon gré. Si cet engourdissement, me disais-je, n'est pas causé par les fatigues d'un long voyage à travers les déserts et les montagnes, portée dans une cage d'osier sur le dos d'un chameau, voilà, certes, une des créatures les plus hébétées, les plus stupides et les moins intéressantes qu'on puisse jamais voir.

» Un esclave entra, et me dit que le

sultan ayant fini son repas, attendait
la beauté nouvelle dans sa chambre à
coucher. Je la prévins de ces ordres
suprêmes. Tout à coup elle sortit de sa
léthargie, la plus vive expression anima
ses traits, la fureur étincela dans ses
yeux, et fit violemment palpiter son
sein; ses larmes coulèrent, et elle refusa
de se rendre auprès du sultan. Dans ce
moment elle m'inspira le plus tendre
intérêt, et ses charmes firent sur moi
une impression profonde. Mon maître,
plein d'impatience de ce retard extraordinaire, accourut et voulut la prendre
entre ses bras. Elle le repoussa, en vomissant des injures atroces contre le
prophète et ses saintes lois; et arrachant
un collier dont je venais de la décorer,
elle lui en jeta les perles à la figure. Le
sultan prit la fuite comme s'il eût été
assailli par une possédée.

» Bientôt il reparut, et la trouva plus
tranquille; elle se jeta à ses pieds, et le
conjura, les larmes aux yeux, de res-

pecter son honneur et sa vertu, c'est-
à-dire, sa chasteté, comme je l'ai appris
dans la suite. Peut-être la chasteté est-
elle une vertu en Angleterre, quoiqu'elle soit sévèrement défendue par
notre prophète; car une femme sans
enfans est semblable à un arbre sans
fruit. Je ne vous parlerai ni des importunités et des violences du sultan, ni
des humbles supplications et de la résistance de l'Anglaise.

» Pendant plusieurs mois, ni les menaces, ni les prières, ni les plus durs
traitemens, ni les présens, ni tous les
petits soins qui pouvaient flatter sa vanité, ni les horreurs d'un cachot, où
elle était réduite au pain et à l'eau, rien
ne put la faire céder aux désirs de mon
maître. S'il essayait la force, il trouvait
que la vigueur de la belle croissait en
raison de celle avec laquelle elle était
attaquée. Elle employait à sa défense,
ses ongles, qui, dans ses accès de frénésie, portèrent plus d'une atteinte à

sa propre beauté, cause funeste de
tant de persécutions ; et les esclaves
même, souvent appelés pour seconder
les violences du sultan , se virent for-
cés d'abandonner honteusement cette
entreprise.

» Un jour, ayant été enfermée dans
un appartement noir dont je gardais
la clef, lorsque je lui apportai son pain
elle entra en conversation avec moi,
pour qui elle était la douceur même,
quoiqu'elle fût un véritable démon à
l'égard de mon maître ; et en peu de
mots, elle me promit de m'épouser si
je pouvais l'enlever du harem ; et quoiqu'elle m'ait constamment refusé la
moindre liberté, même celle de lui baiser la main, elle est la seule femme qui
m'ait jamais offert la préférence sur un
homme réel.

» Combien de fois mon maître, excédé
de cette Anglaise rebelle, est-il allé cal-
mer son dépit dans les bras de quelque favorite plus docile! et cependant

cette même Anglaise si fière, m'a pro-
posé sa main. Je résolus de faire tous
mes efforts, à la foire prochaine, pour
acheter au sultan quelqu'esclave dont
la beauté et les talens pussent lui faire
oublier cette Européenne. J'espérais
qu'alors il pourrait se venger de ses dé-
dains par la plus froide indifférence,
et, comme il m'avait souvent promis la
liberté et quelqu'esclave en mariage,
m'abandonner cette Anglaise pour prix
de mes longs services.

» Telles étaient les idées dont je flattais
mon amour; je m'y livrais avec sécurité, lorsque ce vil esclave m'immola à
sa propre conservation ».

L'eunuque noir ayant cessé de parler,
et la musique cessant en même temps
dans la salle du bal, Osva lui souhaita
une bonne nuit, et se retira. Ayant
renvoyé ses femmes, cette princesse se
jeta sur son lit, où elle ne s'occupa que
de la captivité de la malheureuse Anglaise. Aucun bruit ne troublait le si-

lence de la nuit. Tout à coup elle en‑
tendit le son harmonieux d'une harpe,
dont une dame du palais, qui habitait
un appartement voisin, s'accompagnait
ainsi :

BEAUTÉS à la verte ceinture,
Qui formez à l'honneur vos fils et vos amans,
   Nièces de fameux conquérans,
Accourez, écoutez de Mirva l'aventure,
   Je vais lui consacrer mes chants.   (*bis.*)

   Une taille fière, imposante,
De cette Samorine augmentait les appas ;
   Sans l'aimer, on ne voyait pas
Sa blonde chevelure, avec grâce ondoyante,
   Venir se boucler sur ses pas.   (*bis.*)

   A la beauté plaît le courage ;
Revenu glorieux des combats meurtriers,
   Médor, modèle des guerriers,
Goûtait près de Mirva le bonheur sans nuage
   De reposer sous ses lauriers.   (*bis.*)

   Mais quels cris ! dieux ! quelles alarmes !
D'où vient tout ce tumulte et ce désordre affreux ?
   Le Candahar, sur ces beaux lieux,
Vomit tous ses brigands.... Amis, volons aux armes,
   Donnons l'exemple à nos neveux.   (*bis.*)

   Déjà la trompette guerrière
Se fait entendre au loin... Digne du nom naïr,
   Jurons de vaincre ou de mourir !
Pour vous, vils musulmans, vous mordrez la poussière,
   Et l'Indus va vous engloutir.   (*bis.*)

En Malabar, à la Matrie ;
Chaque Naïr fidèle a dévoué son cœur ;
    Qui peut arrêter sa valeur ?
Point d'épouse, d'enfant... Prodigue de sa vie ;
    Son seul sentiment, c'est l'honneur.   (bis.)

    Les voilà rangés... De la gloire
Ils hâtent le signal par mille et mille vœux.
    Grand Aigroff, guerrier valeureux,
S'écrie : Où vit Médor, ce fils de la victoire,
    Ce fier rival des demi-dieux ?   (bis.)

    Il dit ; et loin du bruit des armes,
Va chercher le héros dans l'asyle secret
    Où de plaisir il s'enivrait :
Est-ce bien toi, Médor, que Mirva par ses charmes
    Retient au fond de ce bosquet ?   (bis.)

    Est-ce toi ?... Je ne puis sans peine
M'en fier à mes yeux. Toi que j'ai vu toujours
    Préférer la gloire aux amours,
Apprends qu'en un sérail, Rona porte une chaîne,
    Rona réclame ton secours.   (bis.)

    — Ah ! tu me vois captif moi-même ;
Oui, je chéris ma chaîne. Ainsi parla Médor ;
    Et cependant aux cheveux d'or
De l'objet enchanteur qu'éperdument il aime,
    Son bras s'entrelaçait encor.   (bis.)

    Soudain Mirva, comme inspirée,
Se lève, et d'un seul coup, tranchant ses beaux cheveux,
    En bande l'arc du héros amoureux :
Périsse le sultan par ta flèche acérée !
    Je t'ai dégagé de tes nœuds.   (bis.)

FIN DU TOME TROISIÈME.